Adolf Grimminger

Gedichte in schwäbischer Mundart

Adolf Grimminger

Gedichte in schwäbischer Mundart

ISBN/EAN: 9783743365926

Hergestellt in Europa, USA, Kanada, Australien, Japan

Cover: Foto ©Andreas Hilbeck / pixelio.de

Manufactured and distributed by brebook publishing software (www.brebook.com)

Adolf Grimminger

Gedichte in schwäbischer Mundart

Mei' Derhoim.

Gedichte

in schwäbischer Mundart

von

Adolf Grimminger.

Vierte vermehrte Auflage.

Stuttgart.

Verlag der J. G. Cotta'schen Buchhandlung.

1883.

Druck von Gebrüder Kröner in Stuttgart.

Den Freunden

gewidmet.

In dem Wald, drin Hoch und Nieder
  Seine Weise gsunge schö',
Findet sich für meine Lieder
  Au vielleicht a Plätzle no'.

Lang ischt's her seit sellem Merze,
Wo vom frische Muedergrab
Abschied gnomme-n i mit Schmerze
Und, koi' Fünkle Troscht im Herze,
Griffe han zum Wanderschtab.

Bi' nd' manchmôl unterdesse,
Rôch verblaßte Freudedäg,
Liebverarmt an Gräber gsesse,
Ach und, wie vom Glück vergesse,
Traurig gange meiner Weg.

Doch so weit mir d'Welt sich brôitet,
D'Vögele gsunge lieb und traut,
Früheling seine Wunder gschprôitet,
Hôt au d'Hôimet mi beglôitet,
In Gedanke Lied und Laut.

D'Hoimet, mit der gweihte Schwelle,
Drum der Kindheit Märle webt,
D'Lerchegruft ¹ und oll die Schtelle
Wo-n i sonscht mit brave Gselle
Luscht'ge Schtunde han verlebt;

¹ Das elterliche Haus des Verfassers zu Stuttgart.

Berg und Thal und Wald und Aue,
  Reich an Gschichte=n alt und neu,
Schtadt und Gau, drin allwärts z'schaue
Schmucke Mädle, schöne Fraue,
  Sittig, herzig, lieb und treu.

Und was mir, thaluf und nieder,
  's Gmüet hôt gfrischt im fernschte Land,
Schick i heut, nôch Jôhre, wieder,
Als im Hoimweh gsungne Lieder,
  Euch mit Grüeß vom Nordseestrand.

Rotterdam, im Mai 1867.

Vorwort.

Man wird den Titel dieses Büchleins leicht ver-
stehen. Es sind Lieder, hervorgegangen aus der
Stimmung eines fahrenden Sängers, der in der
Ferne der langentbehrten Heimat doppelt lebendig
gedachte.

Der mit schwäbischer Art und Sitte nicht völlig
Unvertraute findet vielleicht auch in diesen Klängen
jenen Zug des Volksgemüt's wiedergespiegelt, der
den bekannten Liedern „Jetzt gang i an's Brünnele,"
„Muß i denn, muß i denn zum Städtele 'naus"
u. a. m., mit ihren treuherzigen Weisen, auch außer-
halb Schwaben Eingang verschafft hat. Denn das
Lied, keiner Grenzpfähle achtend, sucht seine Freunde
überall, im Pallast und Hütte, Wald und Flur,
und verschmäht auf seinen sorgenbrechenden Streif-
zügen auch die durststillende Herberge nicht.

Diese Lieder bewegen sich in derjenigen Form

des schwäbischen Dialekts, den wir als den mittel-
schwäbischen bezeichnen können. Wenige Stunden
oberhalb Stuttgarts beginnen bereits die Anklänge
des Oberschwäbischen oder Alemannischen, wenige
Stunden unterhalb die Anklänge des Fränkischen.
Jene mittlere Form, welcher auch die vorhin ge-
nannten Volkslieder entsprechen, ist die Mutter-
sprache des Verfassers. Sie theilt mit den andern
Formen den ungemeinen Vortheil, daß unser Dialekt
über verschiedene Nüancen des Derberen und Fei-
neren zu verfügen hat. Die ersten Familien Stutt-
garts sprechen zu Hause und unter Freunden schwä-
bisch; aber dies Schwäbisch verhält sich zu dem des
Bauern wie Hochdeutsch zum bloßen Dialekt. Wer
es wagt, schwäbisch zu dichten, ist um so mehr ge-
halten, zur feineren Nüance zu greifen, als die
derbere, wenn sie nicht mit außerordentlichem Takt
behandelt wird, wir müssen es gestehen, leicht in's
Widerliche, Gemeine fällt. Wenigstens muß, wenn
letztere gewählt wird, der Zusammenhang genügende
Bürgschaft geben, daß gewisse Grenzen nicht über-
schritten werden. Wenn es dem gebildeten Schwa-
ben unter den Seinen recht wohl ist, steigt er gerne
vorübergehend zu der breitesten Form herunter, aber
da ist eben durch freien Humor verbürgt, daß jene

Linie geſchont wird, und in dieſem Sinn hab' ich
ein und das andre mal gewagt, auch den derberen
Volksmund zum Worte kommen zu laſſen. Jedes
Mehr darüber hinaus würde nicht nur dem guten
Geſchmacke widerſtrebt, ſondern auch dem allgemei-
neren Verſtändniſſe Schwierigkeiten entgegengeſetzt
haben, die ſelbſt durch ein Gloſſarium nicht genü-
gend zu beſeitigen waren. Der Gebrauch eines
ſolchen hat überdies immer etwas verkühlend Un-
bequemes, und trat daher der Gedanke nahe, für
nichtſchwäbiſche Leſer, jedem Gedichte die nötigen
Wort- und Sacherklärungen, manche ſogar wieder-
holt, unmittelbar anzufügen.

Ich gebe nun in Kürze folgende Anhaltspunkte
zum Verſtändniß meiner Schriftzeichen. Von der
portugieſiſchen Schrift entlehnte ich das Zeichen ~
für den naſalen Laut. Demnach ſind alle mit
demſelben markirten Silben und Worte, wie ã' =
an, brã' = dran, daran, kã' = kann, Mã' =
Mann, nã' = hin, hinan, gẽh' = gehen, mẽh'
(auch mẽhner) = mehr, ſchtẽh' = ſtehen, ſchõ' =
ſchön, (klanggleich mit den vorigen) bĩ' = bin, hĩ'
= hin, Kĩ' = Kinn, deĩ' = dein, eĩ' = ein, ſeĩ'
= ſein, kleĩ' = klein, meĩ' = mein, 'neĩ' = hinein,
'reĩ' = herein, nõ = nur und nun, nõ' = noch,

ſchö' = ſchon, dervö' = davon, alloi' = allein,
Boi' = Bein, hoi'lich = heimelig, traulich, der-
hoim = daheim, koi' = kein, (i) moi' = (ich)
meine, noi' = nein, Roi' = Rain, Schtoi' =
Stein u. ſ. w., naſal auszuſprechen, und kann man
ſich den Laut ganz wol an dem franzöſiſchen
Naſenton in den Silben an, en, in, ein, oin
deutlich machen, wofern man demſelben nur nicht,
wie faſt in ganz Norddeutſchland geſchieht, fälſch-
lich den Laut ng anhängt, wie Ruang = Rouen,
ſpandang = cepedant u. dergl. Es wird viel-
mehr in dieſem Falle erſt gerade recht der Con-
ſonant in den Naſenton aufgelöst und iſt weder
von einem g noch n die Rede. Der naſale Laut
des Vocals bedeutet im Schwäbiſchen wie im Fran-
zöſiſchen ein ausgelaſſenes n; die einzige Ausnahme,
die mir beifällt, iſt der Naſenlaut in mëh' für mehr,
das, jedoch ſeltener, auch nicht naſal gebraucht wird.

Das n, meiſt wegfallend, wo es im Hochdeutſchen
das Wort abzuſchließen pflegt, wird, ähnlich dem
t in a-t-il und l in ſi l'on im Franzöſiſchen, zur
Vermeidung hiatiſcher Härten, als Klang-Hilfs-
conſonant gebraucht, ſo bei wo=n i (wo ich), was
aber in der Ausſprache nicht getrennt, ſondern,
mit ſtarker Dehnung der erſten Silbe, kurzweg wie

woni lautet. Auch in bi'-n i (bin ich), kä'-n i
(kann ich) halte man das n nicht für den Wurzel-
laut der beiden Verba; dieser wird weggelassen, das
n ist das genannte euphonische.

Der aspirirte Consonantenlaut wird in Schwa-
ben, wie anderswo auch, gerne mit dem nichtaspi-
rirten weicheren vertauscht, das k ausgenommen,
das wir immer scharf aussprechen.[1] Also statt p
häufig b (Beitsche = Peitsche) ferner d für t (Tod
= Tod). Dieser Dialektsbequemlichkeit wollte ich
nicht in allen Fällen durch ein Schriftzeichen Aus-
druck geben, weil sonst ein zu befremdendes Bild
für das Auge entstanden wäre. Wo der Zusammen-
hang jedes Mißverständniß ausschließt, habe ich da-
gegen für begründet gehalten, auch hier dem Ge-
hör durch das Gesicht nachzuhelfen, wie bei Dag
= Tag, Doll = toll, Dann = Tann u. a. m.

Das s in Verbindung mit einem Consonanten
(st, sp) wird immer wie sch gesprochen, nur weicher,
wenn es, wie bei Stern, Stolz, Strauß, Spiel,
Sporn, Spott, im Anlaut, stärker, breiter, wenn
es, wie bei ist, bist, Last, Lust, Rast, im Auslaut
oder ein g davor steht (gstoße = gestoßen, gsprunge
= gesprungen), und deshalb auch so geschrieben.

[1] Mit Ausnahme von Guggug = Kukuk.

Streng unterscheidet sich vom nasalen o und a
das a, welches z. B. bei Dô = da, Dernô = dar=
nach, jô = ja, nô = dann, nôch = nach so stark
in ein o hinüber klingt, daß man den Laut geradezu
eine Mischung von a und o, etwa wie Violett aus
Blau und Roth, nennen kann. Ich habe hier statt
des à das ô gesetzt, weil mir in dieser Mischung
doch das o vorzuklingen scheint. Der Laut ist ge-
dehnt, wo hochdeutsch langes a zu Grund liegt, kurz,
wo er für den unbestimmten Artikel „ein" steht.
Der plattdeutsche Dialekt, im Englischen zur Sprache
fixirt, ist reich an solchen Lauten und klingt z. B.
das gemischte a in all, call, fall genau wie das
schwäbische in dô, dernô u. s. w. Ebenso entspricht
der unbestimmte Artikel des Englischen bei a man,
a wife, a child dem unsern, denn auch der Schwabe
sagt a Mann, a Weib, a Kind. Natürlich bleibt sich
dies gleich in Zusammenziehungen wie: ama = an
einem, bei'ma = bei einem, so'ma = so einem, wie'ma
= wie einem, wie'na = wie ein, eine.

In diesem Zusammenhang ist eine strenge Unter-
scheidung in der Aussprache zu erwähnen, die selten
ein Nichtschwabe lernt, ja auch nur mit dem Ohr
genau auffaßt. In Mädle (Singular) wird das e
rein als e gesprochen, in Mädle (Plural) dagegen

wird es gesprochen wie der so eben erwähnte Laut
in seiner kurzen Form beim unbestimmten Artikel
a (dem z. B. auch das e bei de = du entspricht.
Endlich findet noch ein Umlaut statt von a in e
bei des für das.

Kürzungen an Artikeln und persönlichen Für-
wörtern sind: d' = die und du, d'r = dir, d's =
du es, d'r's = dir es ('s steht für das und es).

Ueber Vokale ist weiter zu bemerken, daß äu
und eu ganz einfach wie ei gesprochen wird, daß
also der Schwabe mit ganz ruhigem Gewissen auf
Mäule (Mäulchen) Weile (Weilchen) reimen kann.
Zum Verständniß meiner Schreibweise wäre nicht
notwendig, aber zur Charakteristik des Dialekts
·mag es dienlich sein, zu bemerken, daß unser Dialekt
fast jeden Vokal vor m und n trübt oder so zu sagen
in einen tieferen Laut herabbrückt; z. B. das u in
Kunst wird ein nasales o, das i, ü und ö in Miene,
Bühne, Schöne ein nasales e. Ebenso werden die
geöffneten Diphthongen äu und eu nasal gesprochen,
wenn die genannten Consonanten folgen, z. B. in
Bäume, Freund; ferner ö und ü in demselben Falle,
Römer, Rühmen lautet daher fast gleich. Die letzt-
genannten gebrochenen Vokale ö und ü werden,
wenn kein folgender Consonant diese Art der Trü-

bung bedingt, einfach wie e und i gesprochen (tedten für tödten, Glid für Glüd).

In Fällen, wo im Altdeutschen für jetziges ü ein ue oder üe stand, läßt der Schwabe, bald stärker, bald schwächer, das e noch hören, wie z. B. bei grießen = grüßen, sieß = süß (altdeutsch) grüezen, ꜱuez). Eine Regel darüber, wann der Doppellaut stärker, wann schwächer gesprochen wird, läßt sich nicht angeben; es entscheidet die derbere oder zartere Empfindung. Demnach wurde bald Blümle, bald Blüemle u. s. w. geschrieben. Daß ungebrochene mittelhochdeutsche Doppelvokale, wie Ruof, Stuote (später Ruef, Stuete) in unsrem Dialekte durchaus noch gelten, ist, wo es nur immer thunlich war, in meiner Schreibung durchgängig ausgedrückt.

Mit diesen wenigen Andeutungen, als einer, wie zu hoffen, nicht allzubeschwerenden Mitgabe, möge denn dies Büchlein sein Glück versuchen und die Freunde grüßen in Nah und Fern.

Rotterdam, im Mai 1867.

Inhalt.

Grimminger, Mei' Derhoim.   II

Zur zwôite-n Ausfahrt.

Wohluf ihr Lieder, 's dagt im Feld
　Und luschtig weht's durch d'Buche!
Zum andremôl sollt ihr in d'Welt
　Und euer Glück versuche.

I denk so lang der Mensch nô' [1] wirbt,
　Kußt, herzt, troß Not und Plôge, [2]
Und d'Freud an Sing und Sang net schtirbt,
　Ischt's au mit euch nô' z'wôge. [3]

So klopft denn ä' [4] wo Landsleut sind,
　Die treu zur Hoimet halte,
Und net, wie gwise, d'Händ nô' blind
　Vor fremde Göße falte.

Sucht wiederum bei Groß und Klei'
　A gaschtlich's Plätzle z'kriege, [5]
Hôist d' Grillesänger z'friede sei',
　Und helft de Müeder wiege.

---

[1] Nô' = noch. [2] Plôge = Plagen. [3] z'wôge = zu
wagen. [4] ä' = an. [5] z'kriege = zu bekommen.

Doch kommt ihr über's Meer uf's Neu
Zu schtammverwandte Seele,
Dankt warm für all ihr Lieb und Treu
Und laßt's an Grüeß net fehle.

So sei's! Und weil's muß gschiede sei',
Nôch Schtürm und Thränerege,
Geb euch der Himmel Sonneschei'
Uf d'Fahrt als — Wandersege.

Rotterdam, im Februar 1872.

Zur vierte-n Ausfahrt.

Und wieder hôist's: de Bündel g'schnürt!
  Ihr schlichte Schwôbekinder;
Hoff, daß au desmôl 's Glück euch führt,
  Als — Grille-n-überwinder.

Uf Erde, wo meh̃'[1] Kampf als Ruh,
  Gibt's immer viel z'verschmerze;
Rôist denn in Gottesname zu
  Und grüßt, was deutsch im Herze.

Glingt's, daß ihr heimlich Balsam schtreut,
  Wo Luscht in Lôid vergange,
So will i gwis koi'[2] größre Freud
  Für b' Vatterschaft verlange.

Hänt jô,[3] schätz wol, derweil's in mir
  Bald g'mait und bald g'oktobert,
Derhoïm und druss'[4] im Weltrevier,
  Euch schô' manch Herz erobert.

[1] Meh̃' = mehr. [2] koi' = keine. [3] Hänt jô = habt ja. [4] Druss' = draußen.

Allweg nimmt d' Lieb sich eurer â',[1]
Au in de Kinderschtube
Sind ihr willkomme-n und wohl drâ',[2]
Bei Mädle=n und bei Bube.

Frischgmut also, denn überall,
Sogar im schpröde Norde,
Sind ihr, wenn au net Knall und Fall,
Gar warm empfange worde.

Gfreut aber hôt mi, net zum sa,[3]
Der liebe Gruß im Schtille,
Den d' Schwôbe-n in Amerika
Mir zugjauchzt, euretwille.

Um 's Volksgmüt ischt mir drum net bang,
Daß Duft und Mark ihm schwindet,
So lang nô'[4] schlichter Hoimetsang
Solch herzlich Echo findet.

Des gibt de Sôite[5] frische Schwung
Im wirre-n Alldagstreibe —
Mög euch au künftig Alt und Jung
Hold, wie bisher, verbleibe.

[1] Â' = an. [2] Drâ' = daran. [3] Sa = sagen. [4] Nô'
= noch. [5] De Sôite = den Saiten.

Im Sommer 1883.

———

O Hoimetlaut!

O Hoimetlaut,
Wie g'mahnſcht du traut
An Seligkeit
Vergangner Zeit!

Dei' Zauberruf
Weckt Dodte uf,
Mit hold'ſchter Kund,
Im Herzensgrund.

Mir iſcht als hör
I Lerchechör
Und Oicheg'rauſch, [1]
Wenn i dir lauſch.

Uflebt [2] der Traum
Vom Weihnachtsbaum
Und Oſchterhas,
In Buſch und Gras.

---

[1] Oicheg'rauſch = Eichengerauſch.   [2] Uflebt = auflebt

Grimminger, Mei' Derhoim.   1

Aus Rebe 'raus
Lugt 's Vatterhaus,
  Winkt hell von fern,
  Wie Glück und Schtern.

Und über 's Hag
Voll Finkeschlag,
  Nickt 's lieblichscht Kind
  Im Ôbedwind.[1] —

Allüberall
G'mahnt so dei' Schall
  An Seligkeit
  Vergangner Zeit.

Müßt misse-n i
Dô drusse di,
  Ach, 's Lebe wär
  Mir freudeleer.

Wie warm und schö'[2]
Sind deine Tö',[3]
  Du treu Beglôit,
  In Luscht und Lôid.

---

[1] Ôbedwind = Abendwind. [2] Schö' = schön. [3] Tö'
(Plural von To' = Ton) = Töne.

Wie flüschtersch du
Mir Tröschling zu,
  Wenn Hoimweh schtill
  Mi b'schleiche will.

Wie machscht du schtark
An Mut und Mark,
  Ischt 's Hoim bedroht
  Von Schimpf und Not.

Sei, wie bisher,
Von Deutschlands Ehr,
  In Kampf und Ruh,
  's gut Gwisse du. —

Bischt mir a Hort
Wie Muederwort,
  Mei' Wiegelied
  Wenn Lôids mir g'schieht.

Denn Luscht und Drang
Zu Sing und Sang,
  All ruht in dir,
  Was heilig mir.

Klingt mancher Gruß
Au lieblich druss',
  's gôht[1] doch für mi
  Nex über di.

[1] 's gôht = es geht.

Trifft irgendwärts
Dei' Klang mei' Herz,
 Fangt's z'jauchze-n ä',
 Was's nö ¹ verkä'.²

Schwänd Glück und Lieb
Im Weltgetrieb,
 Blieb doch in dir
 A Himmel mir. —

O Hoimetlaut,
So lieb und traut,
 Daß Gott di b'hüt
 Im deutsche Gmüt!

¹ Nö =_ nur. ² Verkä' = verkann, vermag.

———————

O Menschekind verschlôf de net. [1]

Der Himmel blau und d'Welt so weit!
    O Menschekind verschlôf de net,
Und merk, 's ischt wieder an der Zeit,
    Wo 's Herz am liebschte Flügel hätt.

Schtand uf, der holde Mai will's so,
    Schickt Grüeß au dir zum Fenschter 'rei';
Schtand uf und werd dei's Lebe's [2] froh,
    In Blumeduft und Sonneschei'.

Denn drusse-n erscht, wenn's grünt und blüht,
    Siehscht recht wie Gott so gut und groß,
Und schau, a Glück kommt über 's G'müt,
    Drin's ruht wie 's Kind im Mueberschoos.

---

[1] Verschlôf de net = verschlafe dich nicht. [2] Dei's
Lebe's = deines Lebens.

In der Früh.

Luschtig schallt's im Wald dô drin,
  Mait's und treibt's jetzunder,
Und daß mir au fröhlich z'Sinn,
  Nimmt mi gar net Wunder.

Han mei'm Schätzle brôcht[1] gerscht z'Nacht
  A Vergißmei'nichtle,
Hôt's an 's Mieder gschteckt und glacht
  Mitem[2] ganze Gsichtle.

Hôt me lieb bei'm Kopf verdwischt,
  Thät sich ganz mir schenke —
Wie's dem Blümle gange-n ischt,
  Kâ' se[3] Jeder denke.

[1] Brôcht = gebracht. [2] Mitem = mit dem. [3] Kâ'
se = kann sich.

Hinter 's Kirchle.

Wie schmuck heut 's Dorf sich mache will,
  Im gold'ge Morgesonneschtral,
Und rundum ischt's so mäuslesschtill,
  Als gieng a-n Engel über 's Thal.

Ach, Hans, doch wenn's der Pfarrer wüßt,
  Daß mir heut hinter 's Kirchle sind
Und daß's uns net a môl verdrüßt,
  Er hielt üs[1] gwis für gottlos Gsind.

„Laß Jede denke was er mag —
  Doch i, Schatz, denk im Augeblick:
Der Sonnbig ischt der oi'zig[2] Dag,
  Nôch lange sechs, für unser Glück.

„Und ischt's net Sonnbig überall,
  So weit's im Frühcling grünt und blüht,
Und klingt der Gsang der Nachtigall
  Di'm[3] net wia[4] Morgepsalm in 's Gmüt?

[1] üs = uns. [2] Oi'zig = einzige. [3] Di'm = einem.
[4] Wia = wie ein.

„Wir sind uns gut, was ischt derbei?
　Liegt mir und dir nex Arg's im Sinn,
Guck, und daß d'Lieb a Dodsünd sei,
　Schtöht au net in der Bibel drin. —

„Wär doch schö' „Ueber's Jöhr" im Land
　Und unser Lieb koi'[1] G'heimniß meh',[2]
Wie wollt i Sonndigs, Hand in Hand,
　Mit dir so gern in 's Kirchle geh'!"

[1] Koi' = kein. [2] Meh' = mehr.

's Wörtle „Du“.

„Du“ ischt gar a herzigs Wörtle,
  Wie der Lieb koi' anders frommt,
Bsonders ama[1] schtille=n Oertle,
  Wenn's so recht von Herze kommt.

„Du und Du“ gilt allerwege,
  Dô wo d'Lieb ihr Wunder thut,
Und a ganzer Gottessege
  Liegt im „Du, i bi' d'r gut!“

Ja, in Lieb erscht wurd mer inne,
  Was des Wörtle „Du“ kä' sei',
Und 's könnt Oiner[2] lang se[3] bsinne,
  Fielem[4] doch koi' lieber's ei'.

Wôischt nô'[5] Schatz, des Augeblickle,
  Wo sich 's Wörtle „Du“, kaum denkt,
Au so recht als Liebesbrückle
  Zwische=n unsre Herze gsenkt?

---

[1] Ama = an einem.   [2] Oiner = Einer.   [3] Se = sich.
[4] Fielem = fiel ihm.   [5] Nô' = noch.

Denkt d'r no' des goldig Weile,[1]
  Bei der Mühl, am Kreuzwegpföhl,
Wo dei' kußlieb Zuckermäule
  Mi hôt „du'zt" zum erschtemôl? —

Werd's mei' Lebdag net vergesse,
  Wie mir[2] dort im Ôbedhauch,[3]
Herz an Herz, bei'nand sind gsesse,
  Froh, versunke-n Aug in Aug.

Und wie schö' hänt d'Vögele gsunge,
  Um und um, von „Du und Du",
Wie mer Arm in Arm verschlunge,
  Endlich sind der Hoimet zu. —

Schau, verbei sind älle Sorge,
  Seit dei' Bild dô drinne wohnt,
Denn du bischt mei' Nacht und Morge,
  Bischt mei' Dag, mei' Sonn und Mond.

Hôscht de[4] Himmel in de Auge
  Und die schönschte Schtern derzu —
Thät'scht, schätz wol,[5] zum Engel bauge,
  Wärscht mit mir net „Du und Du".

[1] Weile = Weilchen. [2] Mir und mer = wir. [3] Ôbed-
hauch = Abendhauch. [4] De = den. [5] Schätz wol s. v. w.
meines Erachtens.

„Du und Du" mit dir uf Erde —
　Schatz, wie bi'-n i doch so froh!
Schö' mag's sei', a-n Engel z' werde,
　Aber lieber ischt mer's so.

Denn daß jetzt mei' Herz und Lebe
　So voll Freud und Glück und Ruh,
Des, herzliebschter Schatz, kommt ebe
　Von dem oine Wörtle „Du".

———

An Frau Luise Schmidt

zum 10. Dezember 1814—1874.

Ja, Herzensbärbel, ischt's denn wöhr,
  Um was sich's heut in Schtuegert handelt,
Daß du scho' volle sechzig Jöhr
  De Dorneweg der Kunscht bischt g'wandelt?

Wer wol, der net grad sorgematt,
  Möcht so'na[1] G'legeheit verlei're?[2]
Wen trieb's dô net in „Dorf und Schtadt",
  Wo's gilt, de=n ältschte Liebling z'feire?

Wo's gilt, 're Môischtre Rechning z'tra,[3]
  Von allweg auserwählter Sorte,
Und der, trotzdem, um's ehrlich z'sa,[4]
  Bis heut gar mager g'lohnt ischt worde. —

Koi' Kleinigkeit, im Weltgethu,
  Drin Lug und Trug ihr Wese treibe,
Kernwôhr in jeder G'schtalt wie du
  Und doch dabei so muschber[5] z'bleibe.

---

[1] So'na = solch eine. [2] Verlei're s. v. w. vertröbeln. [3] Z'tra = zu tragen. [4] Z'sa = zu sagen.
[5] Muschber = musterbar, munter, bei frischen Kräften.

Hör nô',[1] wie sonscht, den gwise Tö',[2]
  Voll Gmüt, aus jedem Wörtle grüesse,
Bei dem Gott wôiß wie Viele schö'[3]
  Hänt jauchze-n oder greine müesse.

Denn frisch und gesund, in Lôib und Glück,
  Sind deine Kinder all, nie blässlich;
Doch bsonders, lug, als Môischterschtück
  Ischt mir dei' Bärbel önvergesslich.

Dô drin bischt oï'zig[4] du derhoim!
  Drum woll uns lang nô' d'Freud vergonne,
Und nimm zum Kranz den Gruß von Oï'm,
  Dem du demit 's Neujôhr abgwonne.[5]

---

[1] Nô' = noch. [2] Tö' = Ton. [3] Schö' = schon.
[4] Oï'zig = einzig. [5] Schwäbische Redensart, will sagen
s. v. w. dem du's damit angethan.

Gesprochen, bei Ueberreichung eines Lorbeerkranzes,
durch Frau Hofschauspielerin Wenzel, dem unvergleich-
lichen „Lorle“, in „Dorf und Stadt“, aufgeführt zum
sechzigjährigen Dienstjubiläum der Frau Luise Schmidt
am königlichen Hoftheater zu Stuttgart.

Der Wittwe Freud und Leid.

Feierliche Morgeglocke
  Ladc hell zum Bette=n[1] ei',
Und der Mai schtreut Blüteflocke
  Ueber Sorge, Not und Pei'. —

Flink bind um dei' Sonndigbüchle,
  Schtreich dei' Härle glatt und blank,
Und vergiß net 's Andachtsbüchle
  Dort in 's Vatters Fenschterschrank.

's hôt gar manchmôl ihm uf Erde
  Tröschting g'währt bei Schicksalschläg,
Mög's au dir a Labsal werde,
  Kind, wie mir, in schwere Däg.

So — und jetzt in Gottes Name,
  Gang, und weil's dei' erschte Beicht,
Nimm dei' goldig Herzle z'same,
  Daß koi' Bös[2] net drüber schleicht.

[1] Bette = Beten.   [2] Bös = Böses.

Aber unterwegs zum Sege
   Brich im Hag drei Rösle=n ab,
Und die Rösle sollscht du lege
   Drobe=n uf dei's Vatters Grab ...

Hôt so zeitig schlôfe müesse —
   Heut vorm Jôhr zur selbe Schtund! —
Sagem,[1] d'Mueder laß'n grüeße,
   Dausetmôl von Herzensgrund.

„Gelt und weil jetzt d'Finkle schlage
   Gar so lieb und freudevoll,
Willem i[2] derzu nô' sage,
   Daß er wieder komme soll. —

„Wollt'n kusse=n und verdrucke
   Jede Tag von Morgens ã',
Und was würd der Vatter gucke,
   Daß i jetzt schô' beichte kã'!"

D'Mueder nickt und gibt der Kleine
   's Glôit[3] vor d'Thür voll Schmerz und Luscht,
Sieht 'r nôch[4] mit schtillem Weine,
   Ach und seufzt in diesichter Bruscht:

---

   [1] Sagem = sag ihm. [2] Willem i = will ich ihm. [3] Glôit
= Geleite. [4] Nôch = nach.

Aelles lebt nôch Winterwoche
　Wieder uf in Maienglanz,
Doch a Herz, ischt's oi'môl broche,[1]
　Macht koi'[2] Früheling wieder ganz.

Aber drusse jaucht's im Flieder,
　Weil der Früheling z'ruck ischt kehrt,
Und in Berg und Thal hallt's wieder,
　Daß koi' Scheibe-n ewig währt.

[1] Broche = gebrochen.　[2] Koī = kein.

―――――

Nachtgang.

Wie g'heimnißvoll webt's rings zur Schtund,
Als machtet sel'ge Göischter d'Rund!
Koi' Lüftle goht in Busch und Baum
Und 's Bächle traut se[1] z'rausche kaum;
    Hoch drobe-n aber wandle sacht,
    Durch d'Mitternacht,
Millione Schternle wie im Traum,
    Und Gott hält Wacht
        Im Himmelszelt,
        Daß koiner fällt.

Schtill ischt's im Dorf bei Jung und Alt,
Koi' Rad knarrt meh', koi' Beitsche knallt. —
O glücklich, wer jetzt schlofe kä'
Und net im Elend muß bergä';[2]
    Wer net umsonscht vor schlimme Gäscht
    's Nachtlicht hot glöscht!
Gott aber woiß wer übel drä',[3]
    Und wacht uf 's Bescht
        Ob aller Welt,
        Daß Koiner fällt. —

[1] Traut se = getraut sich. [2] Bergä' = bergan.
[3] Drä' = dran.

Grimminger, Mei' Derhoim.   2

Dô schleicht nô' Wer um 's Herrehaus,
Sieht recht wie 's böse Gwissen aus.
Vielleicht daß Not und Sorgedäg
Den Mann hänt brôcht[1] uf falsche Weg. —
  Gang hoim, so lang d' nô'[2] frei von Schuld,
  Und hab Geduld,
Denn Oiner[3] wacht ob Weg und Schteg
  Mit Vatterhuld
    Im Himmelszelt,
    Daß Koiner fällt. —

Am Bach bei'm Müller ischt nô' Licht,
Dort sitzt a Weib gar blaß von Gsicht,
Ringt d'Händ ohn' End, vor Schmerze schtumm —
Der Dodtegräber wôiß worum ...
  Arm Herz, was di hôt glücklich gmacht,
  Deckt Grabesnacht!
Doch glaub, 's ischt net verlore drum,
  Denn Gott hält Wacht
    Im Himmelszelt,
    Daß Koiner fällt. —

Und weiter dort, am Kirchhofrand,
Sind liebesfreudig Zwôi bei'nand;
Ihr Herz voll Glück, so roserot,
Denkt net wie nôh's[4] juscht grenzt an'n Dod.

---

[1] Brôcht = gebracht. [2] D' nô' = du noch. [3] Oiner
= Einer. [4] Wie nôh's = wie nah es.

Träumt weiter, denn um 's Merke kaum
Verblaßt der Traum.
Gott aber wacht bei Glück und Not
  Im Schterneraum
    Ob aller Welt,
      Daß Koiner fällt.

Sonscht, lug, ischt Alles schtill und schtumm;
Herz, doch was treibt di selber um?
Ischt's Hoimweh nôch vergangner Zeit,
Ischt's künft'ger Freude Glockegläut?
  O komm, gang hoim, und was au schuld,
  Hab doch Geduld;
Denn Gott der Herr wacht jederzeit
  Mit Vatterhuld,
    Im Himmelszelt,
      Daß Koiner fällt.

An der Mueder Grab.

Gelt Mueder, dir ischt's wohl dô drunte,
  Wo net von Not und Sorg mêh' d'Red?
Schlôf sanft, wer sot[1] dir's net vergunnte,[2]
  Hôscht jô koi' Ruh im Lebe g'het.[3] —

Ach jetzt erscht werd i's däglich inne,
  Wie 's Glück mir glacht in deiner Näh,
Doch ebeso g'schpür i dô drinne,
  Daß nie vergôht, was du mir gwe.[4]

Will künftig drum au nemme klage,
  Dein Schlôf net kränke mit mei'm Schmerz,
Und nô des Di'[5] zum Troscht mir sage:
  Du hôscht jetzt Ruh, lieb Muederherz.

[1] Sot = sollte. [2] Vergunnte = vergönnen. [3] G'het =
gehabt. [4] Gwe = gewesen. [5] Nô des Di' = nur dies
Eine.

.

Nôch[1] Jôhre.

Endlich, endlich hör i wieder
   Meiner Hoimet Glockegläut!
Dunkel wurd's vor'm Aug mir, Frieder —
   Grüß üch[2] Gott, ihr liebe Leut.

Frôg me[3] Koiner, was i gwonne,
   Seit's mi fort in 's Weite trieb —
Was ischt Frühcling ohne Sonne,
   Was a Lebe-n ohne Lieb?

Brueder, in de fremde Gasse,
   Wenn d' am End mit Gucke bischt,
Und a liebe Hand möcht'scht fasse,
   Merkscht erscht, was a Hoimet ischt.

's ischt oi'm ebe-n allethalbe,
   Mag's wo nô' so prächtig sei',
Wie-n're-n[4] irre Wanderschwalbe,
   Dui net[5] wôiß, wo aus und ei'.

---

[1] Nôch = nach. [2] Üch = euch. [3] Me und mi = mich. [4] Wie-n're = wie einer. [5] Dui net = die nicht.

Wie so sorglos bi'=n i gschiede,
  Hätt jô bômôls dauscht mit Koi'm,
Und wie bettelarm an Friede
  Komm i heut, nôch Jôhre, hoim!

Sieh se nô[1] verblôiche,[2] d'Mueder,
  Wie mer gwe bei'm Brückle schô',
Ach und jetzt, was gäb i, Brueder,
  Wär des Weib am Lebe nô' . . .

Nôch verlorne Maieschtunde
  Kommt a lange Winterwoch —
D'Hoimet hätt i wieder gfunde,
  Aber 's Beschte fehlt mer doch.

[1] Sieh se nô' = Sehe sie noch. [2] Verblôiche = er=
bleichen.

O Lôid!

O Lôid, wie soll i's fasse,
  O Lieb, wer hätt's wol dacht,
Daß Herz von Herz könnt lasse,
  So treulos, über Nacht!

Dort schleicht durch 's G'heg der Frieder,
  Macht gar a freundlichs Gsicht
Und schteckt der Gret an 's Mieder
  En[1] Schtrauß Vergißmei'nicht. —

Mir ischt, als wär i gschtorbe,
  In kühle Grund versenkt —
Die Blümle sind verdorbe,
  Die mir mei' Schatz hôt[2] gschenkt.

[1] En = einen. [2] hôt = hat.

Gang Winter, gang.

Jetzt will se's[1] wieder maiig rege
　Und d' Welt lacht gar so freundlich drei',[2] —
Gott grüeß, du lieber Himmelssege,
　Gott grüeß, du gold'ger Sonneschei'!

O wie des wohl thut, auß' und inne —
　Koi' Fleckle Schnee meh', um und um!
s' ischt Früheling, brauchscht de[3] gar net z'bsinne,
　Gang Winter, gang, dei' Zeit ischt 'rum.

Hörscht 's Schwälble net wie's ruft? Jetzt wander,
　Lang gnug hänt d'Blümle träumt und g'ruht,
Denn Du und Er, ihr zwôi bei'nander,
　Des thät sei' Lebdag doch koi' gut.

　　[1] Se's = sich's. [1] Drei' = drein. [3] De = dich.

De Bündel gschnürt.

Ei, Bruderherz, was hockscht derhoim
   Und spinnscht Langweil, als würd's d'r bucht;[1]
Thu d'Auge-n uf, 's Glück kommt zu Koi'm,
   Der's immer hinter'm Ofe sucht.

Du bischt a schöner Kerle, du —
   Jetzt, wo jung Blut an 's Wandre denkt,
Hüt'scht du d' vier Pfähl in guter Ruh
   Und wartescht, bis mer 's Hundle henkt.[2]

Guckscht nôch dei'm Schatte-n an der Wand
   Und hängscht de Kopf wia Lannegaul —
Wahrhaftig, 's ischt a rechte Schand:
   Erscht zwanzig Jôhr, und schô' so faul.

De Bündel gschnürt und 'naus in d'Welt,
   Glaub mir, des freubigt Leib und Seel,
Und wer sei' Sach uf Nex[3] hôt gschtellt,
   Gôht bei'ma[4] Kreuzweg au net fehl.

---

[1] Bucht = gebucht, gutgeschrieben. [2] In's Unge=
wisse. [3] Nex = Nichts. [4] Bei'ma = Bei einem.

's ischt 's Wandre gar a schöne Sach,
  Mer kriegt's so leicht net satt, bei'm Schtrôl!
Und hôt mer au mit Ach und Krach
  Kaum 's liebe Schtückle Brod manchmôl.

Und aber erscht in Frühelingszeit,
  Wo Weg und Schteg durch Wunder führt,
Kommt druff' in oi'n a Seligkeit,
  Wie d' 's nemme wôischt, bevor d' 's verschpürt.

Dô merkt mer, daß mer net von heut,
  Und singt und jauchzt, daß's nô[1] so thut,
Narr, und de luscht'ge Wandersleut
  Sind môischt au d'schöne Mädle gut.

Und kreuzvergnügt in's Blaue 'neî,[2]
  Sei'm gute Schtern und sich vertraut,
Ischt besser als a Rôthsherr seî
  Derhoîm uf seiner faule Haut. —

Wen nex hôt gfreut seî' Lebelang,
  Den schtrôft d'Langweil uf Schritt und Tritt,
Drum sag i dir, pack uf und gang,
  Wenn d' net derhoîm versaure wit.[3]

[1] Nô = nur. [2] 'Neî' = hinein. [3] Wit = willst.

Treue Lieb.

Es blüht wo a Blümle
  Gar lieblich und schtill,
Und drum summt a-n Imle,
  Kriegt Honig, wenn's will.

Des fliegt zu koi'm Andre,
  Kommt immer uf's Neu —
Net Wechsle, net Wandre,
  Dem Blümle bleibt's treu.

Du wundernett's Blümle,
  Mir selber ischt z'mut,
Als wärscht du bei'm Imle
  Net weniger gut.

Necker und Mosel.

Der Necker und b'Mosel
   Sind Wasser für mi,
Denn z'Trier ischt mei' Rosel
   Und z'Wimpfe bi'-n i.

De Necker wie b'Mosel
   Treibt's mächtig in Rhei',
Und mi zu der Rosel
   Jôhraus und jôhrei'.

Der Necker nimmt b'Mosel
   Bei Koblenz zur Frau,
Und i und mei' Rosel
   Mir [1] finde-n uns au. [2]

[1] Mir = wir.   [2] Au = auch.

Verplaudert.

Hänt[1] vorig Nacht
A Wegle gmacht
  Im grüne, grüne Klee,
Jetzt wisset's heut
Scho' älle Leut,
  Wo mir[2] glückselig gwe.

„Und wisset's d'Leut,
Hôt's[3] mi doch gfreut
  Im grüne, grüne Klee,
Und d'Nachtigall
Singt überall
  Von Lieb und Liebesweh."

Mer[4] lacht und scherzt,
Daß mir uns g'herzt
  Im grüne, grüne Klee;
Jetzt b'hüet di Gott
Vor Schimpf und Schpott —
  Mi duld't's derhoim net meh'!

---

[1] Hänt = haben. [2] Mir = wir. [3] Hôt's mi = hat
es mich. [4] Mer = man.

„Komm doch zu dir
Und bleib bei mir
   Im grüne, grüne Klee;
J wôiß en[1] Ort,
Herzlieb, und dort
   Sieht uns blos Hirsch und Reh."

[1] En = einen.

———————

Lieb Vatterherz gib wôich.

Schau, Vatter, 's muß a môl doch 'raus —
Für länger halt' i's so net aus,
  Mir läßt's derhoïm koï Ruh;
Des ledig Lebe han i gnung,
  Und freit mer net so lang mer jung,
Macht d'Lieb ihr Fenschter zu.

I wôiß a Mädle mir zum Weib,
Gar wunderlieb an Seel und Leib,
  Dô drübe-n in Schönôich; ¹
Und in der ganze Gegend halt
 Ischt Koine, dui mer² besser gfallt —
  Lieb Vatterherz gib wôich. —

„Sonscht weiter nex? Was fallt dir ei'?
Bei dir muß's net ganz richtig seï,
  Scheint's mir, im Oberhaus;
Hôscht gemoint, i werd glei windelwôich,
Jô sa zu so'ma³ Narreschtrôich?
  Noï, Bu, dô wurd nex draus." —

¹ Schönaich, Dorf im Neckarkreis. ² Dui mer = die mir.
³ So'ma = solch einem.

Reich ischt se net, doch herzensgut,
Und hôt a Gsicht wie Milch und Blut —
  Halt ebe recht für mi;
Koi' anders Mädle möcht i net,
Und wenn se dauset Gulde hätt —
  Zuscht so bi'=n ebe=n i.

Sei gut und guck net finschter drei', [1]
's muß jô net grad a Reiche sei',
  Geld ischt net immer Gwinn;
Hôscht selber au dernôch net gjagt
Und oft zur sel'ge Mueder gsagt:
  's Bescht sitzt im Herze drin.

Daß mir uns gut, wer kä' derfür?
Vor Lieb schützt weder Thor nô' Thür,
  Wenn's doch amôl soll sei'; —
Und wenn i jetzt mei' Vatter wär,
Dächt i net länger hi'=n und her
  Und gäb mein Sege drei'. —

„Nô, [2] Wetterbu, gibscht doch koi' Ruh.
Frei denn in Gottes Name zu,
  So lang's nô' grünt allweg,
Und sieh, daß i, zur G'vatterwieg,
Bald ebbes Klei's [3] zum Hätschle krieg [4]
  Für meine alte Däg.“

[1] Drei' = drein. [2] Nô = nun. [3] Ebbes Klei's =
etwas Kleines. [4] Krieg = bekomme.

Den hôt's.

Herzliebschter Schatz
  Was fang i ã',
Daß i koi' Ruh
  Meh' finde kã'?

Bald schuckert's[1] mi,
  Bald wurd's mer schwül,
Und 's Herz gôht mir
  Als wie-n a Mühl.

Und wo-n i geh
  Und wo-n i schteh,
Dô moin i halt
  I müeß di seh'.

Schätz,[2] han dir z'dief
  In d'Augle guckt,
Wo du bei'm Danz
  Mir d'Hand hôscht druckt.

---

[1] Schuckern = schauern, frösteln. [2] Schätz = erachte.

Denn als die bei'
  In meiner g'ruht,
Und du mir gsagt,
  De sei'scht mer gut —

Und wie b' so lieb
  In 's Herz mir gseh',
Dô han i glaubt
  I müeß vergeh'.

Ja 's ischt mer heut nô'
  Wie'na Traum —
Mei' Lieb, mei' Glück,
  Kä's fasse kaum.

Jetzt sag, jetzt sag,
  Herzliebschter Schatz,
Hôt so viel Glück
  Im Herze Platz?

Rieg'l künftig besser zu.

D' brennte Kinder jung, und alt,
   Scheue sonscht doch 's Feuer,
Aber Herz mit dir ischt's halt
   Nôch wie vor net g'heuer.

Nôch wie vor bischt net so klug
   Dir dei' Rühele [1] z' wahre,
Und i moi' hätt'scht doch schö' gnug
   Löid in Lieb erfahre.

Daß dir's gfallt bei Der und Der,
   Wollt di drum net schelte,
Müeßt i's äls [2] net hinterher
   Bitter mit entgelte.

Wol sind d'Bäsle schmuck und fei',
   Flink wie Schpiegelmôise,
Doch so schnell z' verliebe drei'
   Hôt di niemerts [3] g'hôise.

---

[1] Rühele, Diminutiv von Ruhe. [2] Äls = hin und wieder. [3] Niemerts = niemand.

Rieg'l künftig besser zu
  Deine Fenschterlädle,
Kriegscht dei' Lebdag sonscht koi' Ruh
  Vor de schöne Mädle.

Mueder und Dochter.

Wos treibt di doch
So ruhlos um?
Dei' Herz gôht hoch —
Kind, sag worum?

Bischt jô doch, schau,
So glücklich drä',[1]
Wie sich's a Frau
Nō wensche kä'.[2]

„Sinn her und hî',
Wie's mir wol ischt,
Wenn i môl bî'
Was du mir bischt."

[1] Drä' = daran. [2] Nō wensche kä' = nur wünschen kann.

Falsche Lieb.

Manchmôl doch mag di 's Gwisse schlage,
  Siehscht du was aus mir worde=n ischt,
Seit du mei'm Herze 's Glück vertrage
  Und gar so treulos worde bischt.

's ischt Lôid, wie's größer kaum uf Erde,
  Schtirbt weg oi'm was mer g'liebt und g'herzt,
Doch so von'nander gschiede werde,
  Glaub, glaub, daß des nô' dieser schmerzt.

Wôiß wol daß 's oft au Frühelings gwittert;
  Doch besser schterbe=n in der Blüt,
Ach, als nô' lebe, wenn, verbittert,
  Der Glaub an 's Liebscht oi'm krankt im Gmüt.

Nimm's net gar so traurig z'Gmüt.

Wenn sich Wald und Flur verfärbe,
  Schaurig Ros' um Ros' verglüht
Und am Bach d' Blaublümle schterbe,
  Nimm's net gar so traurig z'Gmüt.

Muß vor'm Herbscht jetzt au sich neige
  Was oi'm 's Herz hôt g'jungt und g'frischt,
Wurd [1] sich's doch bald wieder zeige
  Wer der gröschte Môischter ischt.

  [1] Wurd = wird.

Nacht ohne Licht.

Vom Dobel weht's schaurig
   In's Wiesethal 'ra,[1]
Und i bi' so traurig
   Daß's gar net zum sa.[2]

's Glück ischt mer dernebe,[3]
   Mei' Schatz wôiß net wo,
Und 's gfallt mer drum 's Lebe
   Halt nŏ nŏ'[4] so so.

Heut freut sich jed's Mädle
   Im Lehe[5] bei'm Danz,
Doch i sitz am Rädle
   Und denk an mein Franz.

Hôt gsagt er komm wieder
   Wenn d'Nachtigall sing
Und luschtig rings nieder
   Jed Wässerle schpring.

---

[1] 'Ra = herab. [2] Sa = sagen. [3] Dernebe = daneben, will sagen s. v. w. untreu geworden. [4] Nŏ noʸ = nur noch. [5] Lehe = Wirthshaus zum Löwen.

Ach lieblich hôt gsunge
  D' Frau Nachtigall drauß',
Au d' Bächle sind gschprunge,
  Er aber blieb aus. —

J wollt i wär bliebe
  Derhoim uf der Hôid,
Und wüßt nez vom Liebe
  Mit allem sei'm Lôid.

Jetzt bi'n i verlasse
  Und ärmer als arm,
In wildfremde Gasse,
  Daß Gott sich erbarm! —

Der Wind klopft an 's Läble,
  Trüb fackelt mei' Licht —
Schnurr weiter mei' Räble,
  Bis 's Fädele bricht.

Der bescht' Ehreschmuck.

Was hilft a Butz[1]
Der usse[2] glitzt,[3]
Ischt des nex nutz
Was inne fitzt? —

Bei Manchem deckt
Oft Schtern und Band,
Vom Gwisse gschreckt,
A Herz voll Schand.

Zu rechter That
A-n ebler Mut,
Des ischt a Schtaat[4]
Der's immer thut.[5]

---

[1] Butz = Putz. [2] Usse = außen. [3] Glitzt = glänzt.
[4] Schtaat bedeutet hier s. v. w. Putz im guten Sinne
[5] Redensart, mit der Bedeutung von Stichhaltigkeit.

Sing net für d'Katz.

Laß Gsang und Klang,
  Wenn d' net wo bisch't,
Wo Klang und Gsang
  Derhôimte-n ischt.

Net jedes Eis
  Thaut uf im Merz,
Net jede Weis'
  Rührt jedes Herz.

Such Wiederhall
  Am rechte Platz,
Au d'Nachtigall
  Singt net für d'Katz.

J kã's verschmerze.

Von der Alb weht's kühl und schaurig,
　　Düschter rauscht's in Dann[1] und Föhr,
Und der Dag verschlupft sich traurig
　　Hinter graue Wolkeflör.

Ueber d'Wiese-n, über d'Wôide
　　Fegt's derher mit scharfer Schneidt,
Und bald hôißt's derhoim sich bschôide,[2]
　　Bschôide für a lange Zeit.

Herbscht der Alt ischt wieder Môischter,
　　Berg und Thal verblaßt in Lôid,
Und sch3' webet Nebelgôischter
　　An der Erde Dobteklôid.

D'Blätter falle-n alle'thalbe,
　　Thalwärts treibt der Gôisebu,[3]
Und die letschte Sommerschwalbe
　　Eile-n au der Hoimet zu.

[1] Dann = Tanne. [2] Bschôide = begnügen. [3] Gôisebu
= Gaisenbub.

Und im Garte, d'Kelch voll Tröpfle,
　Als wollt jed's oi'm klage nö',
Hänge-n alle Blümle d'Köpfle,
　Weil's ihr Freund verlasse schö'.

Nemme hört mer's lieblich schalle
　Rings in Schtrauch und Busch und Baum,
Aus ischt's mit de Nachtigalle
　Und verbei der goldig Traum.

Wo sonscht d'Lerch mit Jubelgschmetter
　Ihre Lieder gschtreut in d'Welt,
Schtreut der Wind jetzt falbe Blätter
　Ueber 's kahle Schtoppelfeld.

Doch, schätz wol, i kä's verschmerze,
　Denn ischt's druff'[1] au traurig bschtellt,
Blüht mir doch allzeit im Herze
　's lieblichscht Rösle von der Welt.

[1] Druff' = draußen.

Gang deiner Weg.

Glück ischt a Weib, wie viele sind:
  's treibt gern sei' Gschpiel und halt't's mit Koi'm,
Ischt launisch wie'n Aprilewind,
  Bald dô bald dort und nie derhoîm.

Muscht drum gar net dergleiche dô',[1]
  Als hielt'scht so bsonders viel dervô',
Denn oft sucht 's Glück sich grad den Mâ',
  Der zeigt daß er's entbehre kâ'.

Gang deiner Weg, frischgmütig keck,
  Doch môl[2] de Deufel net an d'Wand,
B'halt allzeit 's Herz am rechte Fleck,
  Nô[3] hôscht 's Glück selber in der Hand.

[1] Dô' = thun. [2] Môl = male. [3] Nô = dann.

———————

Weder Glück no' Schtern.

Du lieber Gott will's denn uf Erde,
   Wo Jedes doch sei' Plätzle find't,
Mit mir net au môl anderscht werde?
   Bi' doch a recht verlasse's Kind!

Gôht 's Herz mir au von Hoimweh über,
   Gibt's doch für mi koi' Nôh und Fern.
An jeder Freud muß i vorüber —
   Mit mir ischt weder Glück nô' Schtern.

Mir blüht koi' Blümle allerwege,
   I schtand alloi', weltaus- und ei',
Und Niemer[1] schtreckt mer d'Hand entgege,
   Hôist herzlich mi willkomme sei'.

Mei' Vatter ischt im Krieg verkomme,
   Wôiß net wie mir um 's Herz so weh,
Und d'Mueder hôt der Dod mir gnomme,[2]
   Jetzt han i Lieb's koin Mensche meh'.

[1] Niemer = Niemand. [2] Gnomme = genommen.

'8 ischt traurig uf der Welt, zum Schterbe,
   Wenn 's Herz so ganz an Lieb verarmt,
Und i muß schterbe-n und verderbe,
   Wenn Gott sich meiner net erbarmt.

Thaluf und ab, in Schturm und Rege,
   Und doch koi' Hoimet weit und broit!
J wollt i könnt mi schlôfe lege,
   Wo's gut sich ruht nôch Erdeloid . . .

Leis rauscht's im Laub . . . 's will Obed¹ werde,
   Und d'Vögele singet wie im Traum . . .
Jetzt ruh'scht au du in kühler Erde,
   Wol unter'm grüne Lindebaum. —

J wôiß derhoim a friedlich's Plätzle,
   Grad wo der Weg um 's Kirchle biegt,
Sucht's Mancher heimlich mit sei'm Schätzle,
   Doch Koiner wôiß wer drunter liegt.

¹ Obed = Abend.

Im Herbscht.

D'Blümle schläfert's, d'Blätter falle,
　　Nemme jauchzt's in Busch und Baum,
Gflüchtet hänt sich d'Nachtigalle,
　　Z'End ischt 's Lied vom schöne Traum.

Ach und doch — was ischt solch Scheide,
　　Des net d'Lieb vom Lebe trennt,
Gege gschtorbne Herzensfreude,
　　Die koin Mai meh'[1] z'hoffe hänt?[2]

[1] Meh' = mehr.　[2] Hänt = haben.

Af a welk's Rösle.

Duck de net[1] so traurig nieder,
Rösle, will's au herbschtle schö',
Blüh'scht jô doch im Früheling wieder,
Und vielleicht viel schöner nö'. —

Jung verwelke-n und doch lebe,
Wieder blühe nôch kurzer Ruh —
Rösle, schau, was wollt i gebe,
Könnt i schterbe so wie du!

[1] Duck de net = bücke, neige dich nicht.

Wanderrascht.

Und so wöll' mer Raschtdag mache,
    Bruderherz, bei'm volle Krug,
'runter mit de Siebesache,
    Denn für heut wär's gwandert gnug.

Gäb um d'Welt koin rote Heller,
    Fänd mer nemme was oi'n freut —
He, Frau Wirte, 's Bescht vom Keller
    Für zwoi durscht'ge Wandersleut!

Unter d'Linde laß uns sitze,
    Nôch Schtrabaze ruht sich's fei',
Und wenn volle Gläser blitze,
    Fallt oi'm gar so Manches ei'.

Brave Seele, luscht'ge Käuzle,[1]
    Dämmerschtunde-n erschter Lieb,
Traute Name, schwarze Kreuzle
    Und — was all dôhinte blieb.

---

[1] Käuzle = Käuze, Diminutiv-Plural von Kauz.

Im Verlag der J. G. Cotta'schen Buchhandlung
in Stuttgart erschien

d.

Mundart

ten.

Mei' Derhoim.

Gedichte

in schwäbischer Mundart

von

Adolf Grimminger.

Vierte vermehrte Auflage.

Stuttgart.

Verlag der J. G. Cotta'schen Buchhandlung.

1877.

Und in Zeite halb vergesse,
   Sieh᠊n i,[1] wie durch gold'ge Träum,
Wo mer mit der Mueder gsesse
   Unter unsre grüne Bäum.

Mag drum gern im Grüne lausche,
   Wenn's juscht Feierdag in oi'm,
Guck denn hör i's drobe rausche,
   Moin i grad i sei derhoim.

Liebe Bilder, o wie viele!
   Werde wach in Busch und Gras —
Kinder die Verschlupfe's[2] schpiele,
   D'Herzle voll von Wôiß᠊net᠊was.

Z'nächscht bei dene liebe Fleckle[3]
   Ruht a Weib voll Glück und Luscht,
Druckt a Kind mit rote Bäckle
   Schtillvergnügt an d'Muederbruscht...

Weiter sieh᠊n i viele Lichtle
   Ima[4] traulich kleine Raum,
Und vier frohe Schelmegsichtle
   Um en[5] grüne Dannebaum...

---

[1] Sieh᠊n i = seh ich. [2] Verschlupfe's = Verstecken's.
[3] Fleckle = Plätzchen. [4] Ima = in einem. [5] En = einen.

Dort am Wald bei feine Gôife
   Sitzt a Bu im Sonnefchei',
Singt und jauchzt, von niemerts[1] g'hôife,
   Frifch in helle Morge 'nei'. —

Kenn den lufcht'ge Gôifebube,
   Kenn dui[2] Mueder mitem[3] Kind,
Kenn die Gfichtle, kenn dui Schtube,
   Wo die viele vichtle find.

Und im Herze klingt mer's ebe,
   Grad als wär's a Gruß von weit —
D'Hoimet, Bruderherz, foll lebe,
   B'hüet fe[4] Gott für alle Zeit!

---

[1] Niemerts = Niemand. [2] Dui = die. [3] Mitem = mit dem. [4] B'hüet fe = behüte fie.

Mei' liebscht's Gedenke.

Wie der Bach, der d'Winterwoche
　Trüb hôt unter'm Eis verträumt,
Wenn er seine Feßle broche,
　Voller Freude rauscht und schäumt:

So hôt 's Herz mir, frei von Bande,
　Dômôls gjauchzt, nôch Däg voll Pei',
Wo du mir hôscht endlich gschtande,
　Mädle, daß du mei' wollscht sei'.

Wôischt nô'? Wo der Früheling d'Rose
　Wieder gweckt in holder Nacht,
Ach und d'Lieb für mi Freudlose
　In dei'm Herze Platz hôt gmacht.

D'Freud hôt a-n End.

D'Nacht gôht zur Reig, bald dagt's im Ort,
   's thut's länger net, herzbausig Lieb,
Mit mir ischt's 'rum, fort muß i, fort
   Und wenn i nö' so gern verblieb.

„Was treibt di denn so knall und fall
   Von meiner Seit in äller Fruh?
Wurd mir doch von dei'm Rede-n all
   Ganz angscht und bang, herzliebschter Bu."

Schtatt deiner hôißt's jetzt 's Gwehr in Arm,
   Ob's schtürmt und gwittert, blitzt und kracht;
D'Freud hôt a-n End, daß 's Gott erbarm!
   Sie hänt me zum Soldate g'macht.

„So wöt¹ i b' reich Baß' Lendnere
   Gäb mir en rechte Sack voll Geld,
Nô² würd i Marketendnere
   Und gieng, wôiß Gott, mit dir in 's Feld."

    ¹ Wöt = wollt. Nô = dann.

Mei' Nachtigall.

Wie d'Frau Nachtigall im Flieder
   Gar so lieb doch wieder singt,
Daß de Rösle 's knappe Mieder
   Heimlich schier vor Luscht verschpringt.

Aber mir singt seitem Merze
   Halt mei' Liesle 's Allerbescht;
Hör i des, bleibt mir im Herze
   Nex meh' niet- und nagelfescht.

Jung und Alt hôt's b'hext uf Meile,
   Und wer wôiß was manchmôl gschäht,[1]
Wenn der Schelm mit Küßle z'weile
   Meiner Freud net wehre thät.

1 Gschäht = geschähe.

Sonscht und Jetzt.

Am Bach bei de Rösle
   Dort hôt's mi môl gfreut,
Wo d'Schternle hänt gleuchtet
   So lieblich wie heut.

Und jetzt, wenn i 's Plätzle
   Von Weitem nô [1] sieh,
Wurd glei mir im Herze,
   Wôiß selber net wie.

I därf net drä' denke,
   Was Älles dort gscheh', [2]
Wie-n i môl vor Zeite
   So glücklich dort gwe. [3] —

O daß mir doch endlich
   A Ruhplätzle blieb,
Denn 's schmerzt jô net ärger
   Als treulose Lieb.

[1] Nô = nur. [2] Gscheh' = geschehen. [3] Gwe = gewesen.

Wol blühet nu' d'Rösle,
  Wie bômôls, im Grund,
Doch kä's mir net helfe
  Und macht mi net gsund.

Doch wenn's Gottes Will ischt,
  So scheid i bald ab,
Rô¹ pflanzt mer mei' Mueder
  A Rösle uf 's Grab.

¹ Rô = dann.

Weg mit Bange.

Freund, nimm 's Lebe net so schwer,
　　Weg mit all dem Bange!
Göht's au nô' so kreuz und quer,
　　Laß de Kopf net hange.

Heimlich Gräme bringt nex ei,
　　Fergt[1] blos d'Dodtegräber;
Druck net Älles in di 'nei',
　　Schaff d'r's[2] von der Leber.

Mutig gwôgt! Nôch Not und Qual
　　Kä's au dir net fehle;
D'Welt ischt blos a Jammerthal
　　Für verzagte Seele.

Denn so lang's nô' mait allwärts,
　　Blüete schneit uf Erde,
Braucht au 's ärmschte Menscheherz
　　Net zum Kloschter z'werde.

[1] Fergt = fördert. [2] D'r's = dir es.

's ischt net Alles Gold was glitzt.[1]

Und ob au dei' Wese
  Gar wunders verfeint
Und recht auserlese
  Gott'sfürchtig erscheint:

Im Gsicht schtôht's dir gschriebe,
  Du treibscht Heuchelei,
Drum red net vom Liebe,
  Mi schaudert's debei..

Und guck au net wieder
  So nieder für di,
Als schpräch in dei'm Mieder
  A Zeug wider mi.

Wol schimmert derhinter
  A Herzle schneeweiß,
Doch treibt's, wie der Winter,
  Blos Blüemle von Eis.

[1] Glitzt = glänzt.

Scheide-n und Meide.

Schatz, i wollt i wär mei' Vetter,
  Und hätt Gut und Geld wie Gras —
's ischt derhoîm net sauber Wetter,
  Kä'scht dir denke wege was.

D'Mueder ischt derhinter komme,
  Daß i di zum Danz han gführt,
Hôt me drum bezwische gnomme,
  Und jetzt hôißt's, de Bündel gschnürt.

Grüß mer dausetmôl des Örtle,
  Grüß mer Fink und Schpiegelmôis,
Wo mer dauscht so manch a Wörtle,
  Schatz und — ·was sonscht niemerts[1] wôiß.

Sag wo sind die Schtunde bliebe,
  Seitem[2] ällererschte Gruß?
's ischt koi' luschtig's Ding um 's Liebe,
  Wenn mer so von'nander muß.

---

[1] Niemerts = Niemand. [2] Seitem = seit dem.

Muß di laſſe, muß di meide,
Bis der Sommer weiter zieht,
Doch im Herbſcht, bei'm Träubleſchneide,
Regent's Küſſ' wo's niemerts ſieht.

———

Endlich hôt der Hans mir gschriebe.

Endlich hôt der Hans mir gschriebe,
  Wôiß net von wie weit dô draus,
Und daß er ischt treu mir bliebe,
  Guckt aus jedem Wörtle 'raus.

Und jetzt setz i mi bei'm Flieder
  Hinter'm Haus in Heu und Schtroh,
Les' mei's Hanse Briefle wieder,
  Und des Briefle lautet so:

„D'Welt ischt schö', herzdaußigs Schätzle,
  Prächtig z'schaue, kreuz und quer,
Doch wôiß i derhoim a Plätzle
  Wo-n i nô' viel lieber wär.

Därf di drum koi' Zweifel kränke
  In der Lieb von wege mir,
Denn mei' Sinne-n und mei' Denke,
  Tag und Nacht, ischt all bei dir.

Zwôr viel Laub wurd falbe müesse
  Bis mer wieder beienand,
Aber laß di's net verdrüesse,
  Lieb und Treu hôt dennoch Bschtand.

Und wenn d'je¹ mit Loid und Schmerze
   Dir im Schtille d'Zeit vertreibscht,
Denk debei, daß du mei'm Herze
   's Liebscht uf Erde bischt und bleibscht."

Ach i kä's halt gar net sage
   Wie mi 's Hanse Briefle freut;
's ischt mei' Glück so lang's am Dage,
   's ischt mei' Troscht bei'm Obedg'läut.²

Sieh dagbäglich nôch de Schwalbe,
   Ob's nô' net bald Wanderzeit,
Aber 's Laub will nô' net falbe
   Und zum Herbscht ischt's nô' so weit.

Wol gar schö', thaluf und nieder,
   Schpinnt der Sommer goldig G'fäd,³
Doch hätt i grad nex dewider,
   Wenn er's kürzer mache thät.

---

¹ D'je = du je. ² Obedg'läut = Abendgeläute. ³ G'fäd
= Gefäde.

Hoīmkehr.

Grüne Wengert,[1] luschtig Singe,
    Gsichter ohne Falsch und Hehl! —
Soll mer 's Herz im Leib net schpringe
    Muß i jauchze, meiner Seel.

Zwische Rebe schtôht a Häusle,
    Lieb wie sonscht am alte Platz,
Vorem[2] Fenschter prangt a Schträußle
    Und derhinter sitzt mei' Schatz.

Was sind äller Herre Länder,
    Was ischt Wandre fruh und schpôt,[3]
Gege so'ma schlechte G'länder,[4]
    Wo's drä' nuf[5] zur Liebschte gôht!

---

[1] Wengert. = Weinberge.   [2] Vorem = vor dem.
[3] Schpôt = spät.   [4] Gege so'ma schlechte G'länder = gegen
solch einem schlichten Geländer.   [5] Nuf = hinauf.

———

's hôt Alles sein Grund.

Daß mir 's Herz vor Freude zittert,
   Helluf juble möcht zur Schtund,
Wenn's rundum rechtschaffe gwittert,
   Hôt allweg sein gute Grund. —

Bi' mei'm Schätzle môl begegent
   Druss' am Wald um 's Ôbedg'läut,
Und wiewol's schier Schmiedknecht g'regent,
   Hôt mi doch der Weg net g'reut.

Denn wo Lieb ischt, ischt Vergnüge,
   Wenn der Himmel nô' so trutzt,
Und i müßt wahrhaftig lüge,
   Sot[1] i sa, 's hätt mi verdutzt.[2]

Nôch der Dannhütt sind mer gange,
   Längs der Hald, durch Busch und Gras,
Hänt anander lieb umfange
   Und verzählt, i wôiß net was.

[1] Sot = sollt. [2] Verdutzt = außer Faßung gebracht.

Wäret wol bis früh dort gſeſſe,
  Herz an Herz vom Wetter gſchreckt,
Hätt, im ſeligſchte Vergeſſe,
  Uns Frau Nachtigall net gweckt.

Neimmemêh' hôt's druſſe gwittert,
  Blos nô' blitzt ſo dann und wann,
Und doch hôt mei' Schätzle zittert
  Wie mer hoîm ſind auſem Dann.[1]

Lieb wie ſonſcht hänt wieder d'Schternle
  Silberig durch d'Wipfel guckt
Und am Waldweg, als Laternle,
  Dort und dô Glühwürmle gſchpuckt.

Was vom Rege hange bliebe,
  War ſchô' halb und halb vertropft,
Aber uns, voll Glück und Liebe,
  Hôt 's Herz lang dernôch nô' klopft.

  [1] Auſem Dann = aus dem Tann.

––––––––––

Was thut's?

Eisig saust und braust von Norde
    Über 's b'schneite Land der Wind;
Eh mer's dacht,[1] ischt's Winter worde,
    Aber schau, was thut's, mei' Kind?

Ischt der schöne Früheling gschwunde,
    Blüh-n uns Rose-n anderwärts,
Und in kalte Winterschtunde
    Ruht sich's wärmer Herz an Herz.

[1] Eh mer's dacht = eh man es gedacht.

———

Acht 's kleï'schte Gut.

Um Älles was de bitt,[1] mei' Kind,
　　Bleib immer bei der Schtange,[2]
Und werd mer net wie Viele sind,
　　Die blos am Gflunker hange.

Acht 's kleï'schte Gut wie 's liebe Brod,
　　Mer[2] find't's net uf der Gasse,
Vertritt koi' Hälmle ohne Not,
　　De lä'scht koi's wachse lasse.

---

[1] Was de bitt = was ich dich bitte.　[2] Bei der Sache.
[2] Mer = man.

Mit Extrapoſcht.

Luſchtig grüßt aus Buſch und Hag,
Amſelruf und Finkeſchlag,
Aber luſcht'ger heut als All
Deucht mir 's Schwögers Beitſcheknall.

Hoimwärts gôht's im friſche Trab,
's Glück nimmt zu, der Weg nimmt ab,
Und in gold'ger Ferne lacht
Was mir d'Welt zum Himmel macht. —

Dort — wie wurd mer uf a môl! —
Kommt der letſchte Meilepfôhl,
Und a Biſſle weiter nô'
Sieht mer 's Waldkapelle ſchô'.

Hôt meî' Schatz môl in der Näh,
Mir de-n erſchte Kuß dort ge,[1]
Ach und Bäckle kriegt debei,
Schöner als a Ros im Mai.

---

[1] Ge = gegeben.

'š ischt nŏ' grad wie dômôls, schau,
Lieblich rings in Wald und Au,
Und au 'š Bächle bei der Brôch,[1]
Lauft, wie sonscht, de Blümle nôch.[2]

Kreuzvergnügt dort über'n Hang
Kommt a Hochzigzug mit Gsang,
Aber mir möcht selber juscht
'š Herz verschpringe schier vor Luscht.

Und drum Schwôger, wenn d'r'š gfallt,
Blôs' a môl, daß'š luschtig schallt
Durch de Wald und drüber 'naus,
Wol bis zu der Liebschte Haus.

Wandelt jetzt vielleicht nŏ' druff',
Schickt in'š Weite Gruß und Kuß,
Oder sinnt am Fenschter schtill
Was'š mit uns nŏ' werde will. —

Ôbedluft schtreicht über d'Hôid,
Schtiller wurd'š uf Wies' und Wôid;
D'Sonne-n eilt mit Macht zur Ruh,
Aber i mei'm Himmel zu.

[1] Brôch = Brachland. [2] Nôch = nach.

Frühelingsnäh.

Wôiß net, lieb Annele, mir scheint
Als hättscht du heut oft heimlich greint,[1]
Au manchmôl nôch der Landschtrôß guckt
Und b'Hand debei an 's Mieder druckt.

„Ach Herzle lieb's, des war net greint —
Mei' Aug hôt tropft weil b'Sonn drei' gscheint,
Wie=n i han naus guckt und für mi
An Früheling denkt und — was wôiß i.“

Sonscht hôscht di gfreut äls[2] wie=n a Kind,
Wenn b'Schwälble wieder komme sind;
Und jetzt, wie bischt uf oi'môl schtill,
Jetzt, grad wo's Früheling werde will.

„Grad weil se wieder komme sind,
Ischt mir so ôige[3] z'mut, mei' Kind;
Han denkt se bringet Frühelingsgrüeß
Und — daß Er jetzt bald komme müeß.“

<hr>

[1] Greint = geweint. [2] Äls = jeweils. [3] Ôige = eigen.

———

Doppelt derhoim.

Wo bei'm Abschied d'Amsle gschlage,
　Herbschtelt's jetzt in falbe Böm,[1]
Und mir ischt doch, so zu sage,
　Grad als ob der Früheling käm.

's ischt koi Wunder — über's Wiesle
　Kommt jô was i kenne sot[2] —
Ab de Bündel, 's ischt mei Liesle —
　Herzigs Mädle, grüeß di Gott!

Gelt de bischt's jô doch, mei Kleine,
　Dui so schlimm gwe[3] dann und wann?
Narr i könnt vor Freude greine
　Daß i di jetzt wieder han.

Schö' recht, uf gut Glück im Weite
　Z'wandere von Ort zu Ort,
Aber mi, von deiner Seite,
　Brächt' koi Hondert Gäul meh' fort.[4]

---

[1] Böm = Bäume. [2] Sot = sollte. [3] Gwe = gewesen.
[4] Schwäbische Redensart; will sagen, selbst die Zugkraft
eines Hunderts von Pferden brächte ihn nicht mehr von
ihrer Seite.

Mährle, 's ischt koi' Dag vergange,
　　Wo-n i net an di han denkt,
Und koi Stund, wo net Verlange
　　Mir nôch dir hôt 's Herz verkränkt.

Und so hôt mi 's Hoimweh triebe,
　　Bis mer d'Lieb de Bündel gschnürt,
Und daß du bischt treu mir bliebe,
　　Han i schö' von Weitem gschpürt.

Her dei' Mäule, laß di kuffe,
　　Du, mei' Hoimet, Glück und Ruh!
Rösle blühet wol au druffe,
　　Aber net so lieb wie du.

Worum, trotzdem.

Wie machſcht du's, Schatz, mei'm Herze ſchwer,
  Dem kleine Ding, dem arme!
Schau, wenn des Biſſle Lieb net wär,
  Wär's manchmôl zum verbarme.

Bring i zum Gruß a Schträußle dir
  Und ſchteck's an's g'hörig Örtle,
Glei wurſcht[1] du rot, guckſcht weg von mir
  Und red'ſcht koi[2] Schterbenswörtle.

Au wôiß i net was des äls[3] iſcht,
  Daß, fern von Dorf und Gaſſe,
Du plötzlich oft ſo ſeltſam biſcht
  Bei'm Herze-n und Umfaſſe.

Bald lerchefroh, bald traurigzag,
  's blond Köpfle voller Grille —
So gôht's, Gott wôiß's, bei Nacht und Dag
  Und — immer nôch bei'm Wille.

  [1] Wurſcht = wirſt. [2] Koi' = kein. [3] Äls = zuweilen.

Wol kä'ſcht[1] du gar herzgoldig ſei',
  Läſſt Ruh dir 's Grillevölkle,
Als ſei der Liebe Sonneſchei'
  Nie trübt gwe voma[2] Wölkle.

Doch immer wechsle Grüß mit Schtüß,[3]
  Bald offe, bald verſchtohle —
Käm z'weile[4] net a Halt mit Küß,
  Möcht 's Glück der Guggug hole.

Han eh'dem glaubt, wenn d'Lieb oi'm ruft,
  Werd 's lôidig Sorge kleiner,
Und jetzt komm i ſchier nemme[5] z'kruft,[6]
  Alloi' von wege deiner.

Worum, trotzdem, jôhrei' jôhraus,
  Hôſcht du mi doch am Fädle?
Sinnir ſchö' lang und krieg's net 'raus —
  Wôiſcht du's wol, herzigs Mädle?

<hr>

[1] Kä'ſcht = kannst. [2] Voma = von einem. [3] Plural
von Schtuß = Zank, Verdruß. [4] Z'weile = zuweilen.
[5] Nemme = nimmer. [6] Z'kruft, adjektiviſch gebildet
aus Kruft, Krüftle = ſchwächlicher Menſch, hier ſ. v. w.
komme kaum mehr zu mir ſelbſt (vor Bedrängniß).

Hôt mi nô' koi' Schtündle g'reut. [1]

Werdet d'Bömle[2] knoschpeschwer,
Gibt's bald schöne Zeite —
Goldig Weible dô komm her
An mei' grüne Seite.

Wôischt net wie mi 's Lebe freut,
Jetzt, von deinetwege —
Hôt mi nô' koi' Schtündle g'reut
Seitem[3] Hochzigsege.

Glücklich sind mer beienand,
D'Sach ischt wett und ebe,
Und ich wüßt halt vorderhand
Mir koi' schöners Lebe.

Wie's im Haus so hoillich[4] ischt,
Ganz a=n ander Gschichtle,
Seitdem du drin Wôischter bischt
Mit dei'm liebe Gsichtle.

---

[1] G'reut = gereut. [2] Bömle, Diminutiv von Böm = Bäume. [3] Seitem = seit dem. [4] Hoillich = heimelig, traulich; hier zugleich s. v. w. nett und sauber.

Wenn i di so herz und druck,
   Schau dei' goldig Härle,
Schatz, und dir in d'Augle guck,
   Ischt mir's wie-n a Märle.

Guck und wo-n i geh und schteh,
   G'mahnt mi Älles ebe,
Druss' und drin, in Fern und Näh,
   An mei' glücklichs Lebe.

Und so winkt au 's Wiegle 'rei',
   Ausem [1] Kammerschtüble,
Und 's fehlt weiter nex drei' 'nei'
   Als a schtrampfigs Büble.

Nõ be brauchscht deßwege net
   D'Augle niederz'schlage,
Hôscht doch au drä' denkt, i wett,
   Und wit's nõ net [2] sage.

So viel doch sag i voraus,
   Herzigs Zuckermäusle,
Kommt a môl der Schtorch in's Haus,
   Komm i ausem Häusle.

---

[1] Ausem = aus dem. [2] Wit's nõ net = willst es nur nicht.

Z'Gôisburg.

Z'Gôisburg macht mer Obeds d'Schieber
   Net an älle Türle zu,
Und zum Schätzle gôht sich's lieber,
   Ischt mer mitem Du und Du. —

Winters karzt[1] vergnügt bei'm Räble
   Jung und Alt, die Kreuz und Quer,
Und derbei schpinnt d'Lieb ihr Fäble
   Schtill und heimlich nebeher.

Z'weile fidelt au der Luile,
   Und wenn's nô' so kratzig thut,
Wurd's bei'm Hopser[2] manchem Suile[3]
   Doch ganz wundernärrisch z'mut.

Und ischt d'Freud a môl am Rueder,
   Dreht sich Alt und Jung im Kring,[4]
Thut der Vatter mit der Mueder
   Au nô' seine siebe Schprüng.[5]

[1] S. v. w. bei der Kerze gemeinschaftlich spinnen.
[2] Hopser = Walzer. [3] Suile, Diminutiv von Sui = Sie,
weiblich. [4] Kring = Kreis. [5] Siebensprung, ein alter,
nach eigener Musik ausgeführter Tanz, namentlich beim
Erntefeste.

Aber erſcht bei'm Kirbedänzle, [1]
   Dô wurd gfegt daß's nô ſo fitzt,
Und in Gſôhr kommt manch a Kränzle,
   Des net feſcht im Härle ſitzt. —

Z'Gôisburg wôiß mer d'Mädle z'ſchätzet,
   Denn Karfreibigs in der Fruh
Bringt der Bu ſei'm Schatz a Brätzet [2]
   Und a warm „Grüeß-Gott" derzu.

---

[1] Kirbedänzle = Kirchweihtänzchen. [2] Alter Brauch
in Schwaben. Brätzet = Brätzel.

Klei' Dorle's G'heimniß.

Älles ist im Hof nô' schtill,
Aber kaum daß's dage will
Und der Fink vor'm Fenschterbritt [1]
Krägelt [2] hôt sei' „Witt-witt-witt",
Schleicht der herzigscht Lockekopf
Sich zum Hühenerschtall am Schopf, [3]
Ziegt de Schieber heimlich uf
Und ruft über's Schtiegle nuf:
Gluck, gluck, gluck, gagag, gagag!
Wôible, schtandet uf, 's ischt Dag,
Schtandet uf und kommet 'ra,
Dorle muß üch Ebbes sa —
Net von Mitz [4] und net von Mäus,
Noi', ganz ebbes Nagelneu's . . .
Denket nô — schtill, Gockel, horch —
Komme=n ischt heut Nacht der Schtorch,
Hôt — natürlich hehlinge [5] —
Mit viel viel Empfehlinge,

[1] Britt = Brett. [2] Krägeln (f. v. w. hälfeln) nennt
man im Schwäbischen die ersten Stammelversuche eines
Kindes, ebenso den leisen noch unartikulirten Frühgesang
der Vögel. [3] Schopf = Schuppen. [4] Mitz = Katze. [5] Heh=
linge = heimlich.

Für mi brôcht zum Müederle
So-n a klei's klei's Brüederle;
Und 's wurd ebe, z'ällernettscht,
Von der Lis' in's Kisse pfetscht.[1]
Ach, seitdem i des han gsēh',
Gfallt mei' Dock[2] mir gar net mēh'.
Ärmle hôt's und Händle-n, o!
Gwis net größer als a so,
Und a Gsichtle 'ruf und 'ra,
Wunderlieblich, net zum sa.
Schwätze thut's mit niemerts nô',
Aber doch kä's greine schô'.
Sonscht wôiß i für heut ner mēh',
Und muß juscht au wieder gēh'.
Doch um was üch bitt, sind schtill,
Weil der Bu jetzt schlôfe will;
Und vor ällem krätscht's[3] net aus,
Weil's nô' niemer wôiß im Haus,
Als der Vatter, d'Lis' und i,
Und i b'halt's ganz gwis für mi.
Aber weil's mir gar so freut,
Krieget ihr mei' Weckle[4] heut.

---

[1] Einpfetsche = in's Tragkissen binden. [2] Dock =
Puppe. [3] Krätsche = plaudern. [4] Weckle, Diminutiv von
Wecke = Semmel.

Ȗfem¹ Hoimritt.

Der Winter ischt komme
　　Mit Gschtöber und Schnee,
Hôt älles voll gnomme
　　Was z'nemme-n ischt gwe.

Hôt 's mailuschtig Gwimmel
　　Griesgrämig verdrängt
Und schandlich de Himmel
　　Mit Wolke verhängt.

Und singt mer dem Kerle
　　Trotzdem Oi's² vom Gaul,
So fahrt er oi'm währle
　- Nô' grob über's Maul.

Thät gern mitem³ zanke
　　Für äll sei' Gebrumm,
Gieng net in Gedanke
　　Mei' Schätzle mir 'rum.

¹ Ufem = auf dem. ² Oi's = Eins. ³ Mitem =
mit ihm.

Nachts.

Wie der Mond so freundlich schaut
Über Busch und Hecke!
Nachtigall sing net so laut,
Möcht'scht mei' Schätzle wecke.

Wo die schönschte Rösle sind,
Ischt ihr Fenschterläble;
Mit de Rösle schpielt der Wind,
Aber mir g'hört 's Mädle.

Dämmerzeit.

Goldig bade Berg und Thal
Sich im letschte Sonnestral,
Und vergnügt ob Wald und Ried
Schmettert d'Lerch ihr Obedlied.

Schtill sonscht All und in sich g'lehrt,
Daß mer 's Gras faischt wachse hört,
Z'weile blos nö' schtiehlt a Reh
Schüchtern sich durch's Schilf zum See.

Aber dort im Dämmerlicht
Sucht mei' Schatz Vergißmei'nicht,
Sieht debei gar oft sich um —
Herz, i denk bu wöischt worum.

Die Trauernde.

Singt a Vögele in der Föhr,
　Wolle d'Schternle scheine,
Wenn i dem sei' Singe hör,
　Kommt mir immer 's Greine.

Und i wôiß net, bei sei'm Ruf
　Wache mir im Herze
Langvergrabne Freude-n uf,
　Ach, und alte Schmerze!

's klingt so traurigschö' und süß
　Wie-n a Hoimwehgsätzle,[1]
Grad a so, als wäret's[2] Grüß
　Von mei'm dote Schätzle.

[1] Gsätzle = Ströphchen.　[2] Wäret's = wären es.

───────

Mueder und Kind.

Wieder lacht, ob Reich und Arm,
Blauer Himmel lind und warm;
Schau mei' Kind und fern und nôh
Freut sich Jed's daß Früheling dô.

Um und um, so weit mer gsieht,
Wunder über Wunder gschicht,
D'Mensche treibt's mit Macht von Haus,
D'Blümle-n ausem Bode 'raus.

Jung und Alt, und Groß und Klei',
Wo's au in der Welt mag sei',
Jedes.hôt sei' Dôile 1 drâ',
Waßem niemerts nemme kâ'. 2

Wer en harte Winter g'het, 3
Nex als Elend früh und schpät,
Und wem jetzt nô' traurig z'mut.
Dem thut Labsal doppelt gut.

---

1 Dôile = Theilchen. 2 Waßem niemerts nemme kâ'
= das ihm niemand nehmen kann. 3 G'het = gehabt.

D'Mueder Lene sitzt am Rai',[1]
Gwärmt sich d'Händ im Sonneschei';
Ischt halb blind, daß's Gott erbarm,
Und halt ebe gar so arm.

Wôible[2] drum gib ihr dei' Brod,
Denk, sie leid't gar bittre Not,
Und a Händle giber[3] au,
's ischt a-n arme-n alte Frau.

[1] Rai' = Rain. [2] Wôible = schnell, hurtig. [3] Giber =
gib ihr.

Dornrösle.

Was hilft mi der Früheling,
　Voll Rösle-n am Rai',
So lang mir 's schönscht Rösle
　Net z'ôige [1] mag sei'.

's hôt freile viel Dörnle,
　Des wôiß i schô' lang,
Doch wollt's mi nô [2] schlechc,
　Schätz, 's wär mer net bang.

[1] Z'ôige = zu eigen.　[2] Nô = nur.

––––––––

.

Willkommgruß

an 's klei' Schtammhalterle

von Freund Leins.

Dô ischter jô, der prächtig Kerle,
  Der oin'[1] aus seine Äugle b'schaut,
So daghell, als hätt Früheling währle[2]
  Sei' schönschte Kläre drüber thaut!

Wol färbt sich 's Laub druss' däglich gelber,
  Au schtürmt's recht grob durch d'Felder schö',
Trotzdem bleibscht du, scheint's, d'gut Schtond selber,[3]
  Merkscht in dei'm Gmüetle nex derbö'.

Wie wurd mir bei dei'm liebe Gucke
  So wunderwohl um's Herz, so zart!
Komm, laß di kusse-n und verdrucke,
  Brauchscht di net z'förchte[4] vor mei'm Bart.

---

[1] Din = einen. [2] Währle = wahrlich. [3] Schwäbische Redensart, gebraucht von Kindern, die wenig Mühe verursachen. [4] Förchte = fürchten.

Bischt g'rôthe,[1] herzigs Zuckerschtengele,
 Siehscht aus wie 's Lebe, kernhaft gsund,
Hôscht Bäckle wia[2] Posaune-n-engele
 Und Gliedle brall und kugelrund.

Wirklich, de g'fallscht mer, ohne Gschpasse,
 Und drum möcht wisse-n i zur Frischt,
Worum d' so lang hôscht warte lasse,
 Schtammhalterle, bis d'komme bischt?

Hôscht gar am End vom Schtorch vernomme,
 Bevor sich 's Knöschple g'regt[3] am Schtrauch,
Daß d'Mädle vor de Bube komme,
 Von Alters her, nôch Sitt' und Brauch?

Bei'm Schtrôl, nôch so viel schmucke Probe
 B'schtôht[4] schier koi' Zweifel meh' bei mir;
Doch sei's wie's woll, der Schatz ischt g'hobe
 Und wer, Schelm, hätt koi' Freud an dir?

Dei'm Vatter ausem[5] Gsicht 'raus gschnitte[6]
 Und, was juscht d'Hauptsach, halt a Bu:
Was Wonder, lug, bischt so wohl g'litte,
 Du goldig lieb's Nôhmôisle[7] du!

---

1 G'rôthe = wohl gediehen. 2 Wia = wie ein.
3 G'regt = geregt. 4 B'schtôht = besteht. 5 Ausem =
aus dem. 6 Redensart, gebraucht bei überraschender
Ähnlichkeit eines Kindes mit Vater oder Mutter. 7 Nôh-
môisle, wörtlich Nachmeischen, s. v. w. Nestkätchen.

Ja, ja, bi moin i, luschtigs Zeinsle![1] —
  Gott sei mit dir und 's Glück im Bund!
Daß d' 's au môl bringscht zum Leins vom Leinsle,
  Wünsch i dir, Kind, aus Herzensgrund.

Ringt Mancher au sich ausem Rauhe,
  Net Jedem glückt's im Sonneschei' —
Mer[2] muß, Johanniskirche[3] z'baue,
  Scheni von Gottesgnade sei'.

Doch tief nö' ruht im Schoos der Zeite
  Was b'schiede dir im große Nôth;[4]
Träum also, träum, denn 's hôt koi' Leide,
  Wo Mueberliebe Schildwach schtôht.[5]

---

   [1] Zeinsle, Diminutiv von Zeifig, also Zeifiglein.
[2] Mer = man. [3] Erbaut zu Stuttgart von Oberbaurath v. Leins. [4] Nôth = Rath. [5] Schtôht = steht.

Beileib net greine![1]

Hu! was für a trutzigs Pfändle[2]
    Macht der Bu zum Morgegruß!
Wôible,[3] wôible gib a Händle,
    Weil i sonscht jô zanke muß.

Dauset, was sind des für Sache —
    Thät mi schäme, meiner seg,
Schô' so früh Schpecktakel z'mache,
    Wege neg und wieder neg.

Siehscht wie d'Mitz dort unterm Ofe
    Zornig ihre Pfölle schtreckt;
Hätt so gern nô' weiter gschlofe,
    Denk und jetzt häscht du se gweckt.

Hörscht wie d'Hühnle[4] druss' gagage,
    Hörscht wie bös der Gockel kräht?
Und was würd erscht 's Mohrle sage
    Wenn's dei' trutzigs Pfändle säht. —

---

[1] Greine (eigentlich s. v. w. zanken) wird im Schwä-
bischen für Weinen ohne tieferen Grund gebraucht,
dann überhaupt für Weinen. [2] Pfändle = zum Weinen
verzogenes Mündchen. [3] Wôible = schnell, hurtig.
[4] Hühnle = Hühnchen.

Gelt, du klei's Bergißmei'nichtle,
  Moi'scht,[1] i hätt di z'wenig gwiegt,
Ober machscht mer drum a Gsichtle,
  Weil de nö' koi' Gutsle kriegt?

Artig sei', des will i meine,
  So wie's d'liebe Kinder sind,
Und beileib net wieder greine,
  Greine macht jô d'Äugle blind.

Z'Chrischdag kriegt der Bu a Gäule[2]
  Und en Bom[3] mit Gutsle drä', —
Schelm und jetzt gib her dei' Mäule,
  Daß i di verkusse kä'.

---

[1] Moi'scht = meinst. [2] A Gäule = ein Pferdchen.
[3] Bom = Baum.

A Schwengfelder[1] ufem[2] Holzweg.

Gôht a Hauch durch d'Frühelingsnacht
  Wie von lauter Liebe,
Und 's hôt mi mit äller Macht
  Zu dei'm Fenschter triebe.

Bischt du doch a Mädle, Käth,
  Wie·n a Ros im Merze,
Und i wüßt net was i thät,
  Hätt i di am Herze.

Wärscht halt grad di Recht für mi,
  Mit dei'm schmucke Leible,
Und am liebschte nähm i di
  Uf der Schtell zum Weible.

Geld und Güter han i gnug,
  Brauch koi' Schtäuble z'pachte,
Und i selber bi' doch, lug,
  Au net grad z'verachte. —

---

[1] Schwengfelder = flatterhafter Mensch. [2] Ufem = auf dem.

„Prahlhans, — lang nö' z'ring [1] für mi —
Laß dein dumme Schtolz weg,
Denn wenn d' glaubscht i wart uf di,
Bischt de-n ufem Holzweg." —

's schtehe drei Linde grab und kromm
Über'm Bach bei'nander,
Wunderlieblich's Mädle komm,
Nett ischt's dort selbander. —

„Zu de Linde bei der Brôch [2]
Gôht mer net, will's elfe;
Drum laß mit dei'm Schmôichle nôch,
's kä' be doch nez helfe.

Gang und schpar für anderwärts
Deine Liebespsalter,
Meinesgleiche hôt koi' Herz
Für so lose Falter.

Bleib mer vom mei'm Gartehag,
Komm mer net in d'Schtube —
's ischt mei' Herz koi' Daubeschlag [3]
Für verliebte Bube.

---

[1] Z'ring = zu unbedeutend.   [2] Brôch = Brachfeld.
[3] Daubeschlag = Taubenschlag.

Thuscht als könnt'scht vor Liebe schier
    Net uf Fünfe zähle,
Und glaubscht wol 's werd endlich dir
    So bei mir kaum fehle.

Aber schau, 's hôt gute Ruh —
    Magscht mit Andre scherze,
Denn a Besserer als du
    Sitzt mir schö' im Herze."

—— ———

Abschied von der Alb.

Währle 's ischt a herzigs Lebe
Uf der Alb, wenn's Blüte schneit,
Und mer wandert froh dernebe —
Aber Alles hôt sei' Zeit.

Trutzig weht's vom Schtaufe 'rüber,
Ros' und Veigl hôt verblüht,
Schritt für Schritt wurd's trüb und trüber,
Schuckert's traurig oin durch 's Gmüt.

Weißer Reif liegt uf de Felder,
Nebel schtreiche=n über 's Thal,
's Laub nimmt Abschied von de Wälder,
Treibt am Bode welk und fahl.

Mitem[1] Sommer gôht's bergunter,
's Blättle hôt sich lôidig g'wend't,
Und thut 's Herz au nô' so munter,
D'Herrlichkeit hôt doch a=n End.

[1] Mitem = mit dem.

Kircheschtill wurd's allethalbe,
  Sachte neigt sich d'Welt zur Ruh,
Und drum mach i's jetzt wie d'Schwalbe
  Und gang au der Hoimet zu.

B'hüet üch Gott, ihr Berg und Quelle,
  Freundlich gege Jedermä',
B'hüet üch Gott, ihr liebe Schtelle,
  Wo mer d'Welt vergesse kä'.

————

Komm zur Ruh.

Ruhlos Herz,
  Bald so, bald so,
Heut voll Schmerz
  Und morge froh.

Schwankscht und treibscht
  Wie Laub im Wind,
Ach und bleibscht
  Allweg a Kind.

Komm zur Ruh,
  Und wenn de zagscht,
Sing was du
  Net sage magscht.

———————

Am rechte Platz.

Wöhr isch, 's ischt d'Welt
    Meh' zahm als frei;
Doch gelt was gelt
    Und sei's wie's sei:

A Lied, a Wort,
    Bewährt sich's ächt,
Find't doch allfort
    Nö' Hoimetrecht.

Denn, kaum verhofft,
    In Hetz und Hatz,
Thut's Wunder oft
    Am rechte Platz.

Treu kennt koi' Zeit.

Ob's schtürmt und schneit,
　Ob's mait und blüht,
Treu kennt koi' Zeit
　Im rechte Gmüt.

Und wär i Jôhr
　Und Dag von dir,
's hätt doch koi' Gfôhr
　Bei dir und mir.

Wôiß jô du bischt
　Mir herzlich gut,
Und 's Ander' ischt
　In Gottes Hut.

Halt' aus!

Wenn, in Gram und Not versunke,
 Alles dir in Nacht verschwimmt,
O vergiß net ganz den Funke
 Der in jedem Herze glimmt.

Mag sich Blatt und Blüt verfärbe,
 Kommt der Herbscht mit Schturm und Graus,
Mag dir 's schönschte Glück verderbe,
 Herz, trotz allem dem, halt aus!

Zweifl net, bleib frisch und munter,
 Göttlich Werk kä' net vergeh —
Göht au d'Sonn in Wolke-n unter,
 Bleibt se doch am Himmel schteh'.

Freu di Kind.

Freu di[1] Kind, so lang nô' Frühheling
   Wunder schtreut in Flur und Wald —
Zarte Blümle daugt koi' Kühheling,
   Und der Herbst kommt gar so bald.

Denn die glücklichscht Zeit ischt's ebe,
   Dui[2] mit Freude kommt und flieht,
Wo mer nô' nex wôiß vom Lebe
   Und be Wald vor Böm net sieht.

[1] Di = dich. [2] Dui = die.

Winter im Frühling.

O Lerchle was hilft mi
    Dei' luschtiger Schlag,
So lang i nö' Winter
    Im Herze 'rum trag?

Dô drin will's net thaue,
    Bleibt's schtill wie im Grab,
Seitdem i koin Schatz und —
    Koin Glaube meh' hab.

Ach Lerchle du wôischt net
    Wie traurig oi'm d'Welt,
Wenn 's Liebscht oi'm uf Erde
    Treu g'lobt [1] und net hält.

I möcht jô gern froh sei',
    Möcht juble wie du,
Könnt i nö [2] vergesse
    Und weine derzu.

[1] G'lobt = gelobt, verspricht. [2] Nö = nur.

Wie's oft kommt.

Es jaget zwôi Jäger
   Im Dannewald drin,
Koi'm aber von bôide
   Schteckt 's Jage-n im Sinn.

Weit weg in Gedanke
   Ischt jeder vom Trieb,
De-n oïne druckt 's Gwisse,
   De-n andre plôgt d'Lieb. —

Es schtandet zwôi Mädle
   Am Bronne bei'nand,
Voll sind ihre Gölte ¹
   Schô' lang bis zum Rand.

Weit weg in Gedanke
   Sind wol älle bôid, —
Die oï' red't von Lieb und
   Die ander von Lôid.

¹ Gölte, auch Gelte, hölzernes Wassergefäß.

Botschaft.

Schwälble, wenn i Flügel hätt,
Flög i heut mit dir um d'Wett; —
Bau'scht vielleicht am Neschtle nô',
Aber mei's ischt fertig schö'.

Wôiß zwôr net was gar so fruh
Di schö' treibt der Ferne zu,
Vor mir her im Sonneschtral,
Ruhlos über Berg und Thal.

Doch wenn d' grad zur Hoimet ziehscht
Und mein Schatz am Fenschter siehscht,
Oder druss' im grüne Wald,
Sagem¹ doch, i käm jetzt bald.

¹ Sagem = sag ihm.

I setz de Fall.

Thät Äll[1] so prächtig sich verschtch',
   Herzlieb, wie-n i und du,
Brücht[2] Gott der Herr koin Deufel meh'
   Und d'Höll hätt' guete Ruh.

Koi' loidig Thränle würd meh' gweint,
   Um was's au immer sei,
Denn Alles wär' in Lieb vereint
   Und d'Welt von Elend frei.

Ja, 's käm am End in so'nre[3] Zeit,
   Wo's aus mit Sünd und Fehl,
Der Herr in Platzverlegeheit
   Für manche brave Seel.

[1] Äll = Alles, Jedermann. [2] Brücht = brauchte.
[3] So'nre = solch einer.

Was doch nô[1] des Mückle will?

'S schwärmt a Mückle Nacht und Tag,
    Wundernärrisch um mi 'rum,
Was doch des nô wölle mag
    Mit sei'm Summ Summ Summ.

Gang i in d' Vergißmei'nicht
    Um mei's Vetters Wiesle 'rum,
Glei schnurrt's schelmisch mir um 's G'sicht
    Und macht summ summ summ.

Treibt's mi z'weile bei der Lind
    Ruhlos in Gedanke 'rum,
Kommt's verschtohle wie der Wind
    Und macht summ summ summ.

Doch sobald i lach und scherz
    Und kaum selber wôiß worum,
Schwärmt's voll Mutwill mir um 's Herz
    Und macht summ summ summ.

[1] Nô = nur.

Nachts, wie wenn's blos gwartet hätt
  Bis 's recht lauschig um und um,
Setzt sich's keck zu mir uf's Bett
  Und macht summ summ summ.

Hätt's gar oft gern gfange schö',
  Aber kaum schleich i mi b'rum,
Fliegt's halt immer mir dervö'
  Und macht summ summ summ.

Frôg drum manchmôl, wenn's grad schtill,
  In mei'm plôgte Herze 'rum:
Was doch nô des Mückle will
  Mit sei'm Summ Summ Summ?

Schätz, läg Er, wie fernd¹ April,
  Mir am Herze wiederum,
Wär wol au des Mückle schtill
  Mit sei'm Summ Summ Summ.

Fernd = vor einem Jahr.

────────

Nôch'ma [1] Maigwitter.

Blüemle, Blüemle hebet d'Köpfle,
Bömle, Bömle lasset's tröpfle,
   Kinder, Kinder gucket 'naus,
   D'Sonne kommt schö' wieder 'raus.

Kaum hôt's ebe d'Wegle gwôichent, [2]
Und wenn's au nô' wetterlôichent, [3]
   's Gröbscht vom Gwitter ischt jô doch
   Weit schö' hinter Degerloch. [4]

Kommet, kommet, Maierege
Frisch und freudig allerwege;
   'Naus zum Haus! Denn kreuz und quer
   Gôht's uf's Neu gar luschtig her.

D'Schnôge [5] schtreichet wieder d'Geigle,
D'Vögele singet in de Zweigle,
   D'Schlickle [6] sürflet [7] längs der Lach', [8]
   D'Wußle [9] pfluderet im Bach.

---

[1] Nôch'ma = nach einem. [2] Gwôichent = erweicht.
[3] Wetterlôichne = Wetterleuchten. [4] Degerloch, Dorf bei
Stuttgart. [5] Schnôge = Schnaken. [6] Schlickle = Enten.
[7] Sürfle = schlürfen. [8] Lache = Gosse. [9] Wußle =
Gänschen.

Dorle macht der Docke[1] Schlôifle,
Fritz und Heiner sind am rôifle,[2]
    Hänsle guckt an Himmel 'nuf
    Und der Schpitzer wartet uf.

Doch mei' Lorle sitzt vor'm Häusle,
Bindet schtill a-n artig Schträußle,
    Und wenn Ebber[3] frogt: „für wen?"
    Secht se[4] blos: „für Den und Den."

---

[1] Docke = Puppe. [2] Rôifle = reifeln, mit dem Reif spielen. [3] Ebber = Jemand. [4] Secht se = sagt sie.

Mädele guck 'raus.

Mädele guck 'raus, guck 'raus,
 D'Nachtigalle schlage —
Schtôht a=n Armer vor dei'm Haus,
Der net wôiß wo ei' und aus,
 Möcht dir Ebbes¹ sage —
 Mädele guck 'raus.

Mädele komm her, komm her,
 Bischt so lieb zum schtehle;
Hôscht a Herz voll Treu und Ehr,
Schau, wenn des mei' ôige wär,
 Thät mer nex mêh' fehle —
 Mädele komm her.

Mädele schlag ei', schlag ei',
 Aber net dernebe,²
Sag net jô und sag net nei',
So mag 's End vom Liedle sei'.
 Daß du mei' für's Lebe —
 Mädele schlag ei'!

¹ Ebbes = Etwas. ² Net dernebe = nicht daneben.

's Regebogeschüssele. [1]

Schau, wo 's Gwitter ab ischt zoge
Schtôht der prächtigscht Regeboge,
  Und wer jetzt recht suche wollt,
  Fänd 's schönscht' Schüssele von Gold.

Herzle komm, mer wöllet suche,
Wôischt jô, drunte bei de Buche;
  Find i's, guck, so laß i di
  Fasse ganz in Gold für mi.

„Ei, zu was in Gold ei'fasse?
Möcht's au nô' so prächtig lasse:
  's liebscht Gedenke-n ischt mir, Fritz,
  Daß i dir im — Herze sitz."

---

[1] Schwäbischer Volksglaube, nach welchem dem Regen-
bogen ein golden Schüsselchen entfallen soll.

Kinderhimmel.

Wieder grünt's und blüht's gar prächtig,
  Singe d'Vögele goldig drei',
Und am Bach dort schtelzt bedächtig
  Au Freund Schtorch im Sonneschei'.

Wieder schteige-n alle Blümle
  Ausem[1] kühle Wintergrab
Und vergnüglich schwärme d'Imle
  Drum mit Gsumm thaluf thalab.

Wieder wehe d'Lüftle g'linder,
  Brauft der Schturz vom Luginsland,
Und am Ufer schpiele d'Kinder
  Lieb im Grüne mitenand.

Fritzle sonnt sich mitem[2] Mohrle
  Bei der Mühl und' hütet d'Kuh,
Und dernebe dahlt[3] klei' Dorle,
  Guckt am Wehr de Gänsle zu.

---

[1] Ausem = aus dem. [2] Mitem = mit dem. [3] Dahlt = plaudert.

Dorle möcht vor Freude grille,
  Reckt sich bald mit der, bald der,
Und seufzt ebe leis im Schtille:
  Wenn i nô a Gänsle wär!

O wie wollt i pfludere, pfladere,
  'Num im Wasser, lieb und nett,
Vor mei'm Fritzle schnudere, schnadere,
  Mit 's Herr Pfarrers Gäns um d'Wett!

Doch klei' Fritzle denkt mit Johle,
  Hätt i nô mein Kreutzer nô',
Thät i mir a Brätzet hole,
  Gäb mei'm Dorle d'Hälft dervô'. —

Ziegt's ¹ Zwôi schô' so jung uf Erde
  Zuanand mit äller Gwalt,
Was muß 's dô net ² erscht voll werde,
  Sind se dauset Woche=n alt!

¹ Ziegt's = zieht es. ² Net = nicht.

All mei' Freud ischt mir verdorbe.

Wer alloi', wenn Früheling komme,
   Freudlos darbt, sind Andre froh,
Und wem gar 's Herzliebicht ischt gnomme,
   Dem wär besser anderschtwo. —

Han äls au in Frühelingswoche,
   Wenn der Falter d'Flügel schtreckt,
Schtillvergnügt Blaublümle broche
   Und mei'm Schatz an 's Mieder gschteckt.

Han äls au mei' Liedle gsunge
   Wenn mit Jubeltirilei
D'Lerch sich hoch in's Blau hôt gschwunge,
   Aber dômit ischt's verbei.

All mei' Freud ischt mir verdorbe
   'Nunter bis in's diefschte Gmüt,
Seit mir 's herzigscht Blümle gschtorbe,
   Des koi' zwôitsmôl wieder blüht.

Nex meh' will mer 's Herz erlabe,
  Ob's im Thal au Blüte schneit,
Seit s' mer hänt¹ mein Schatz vergrabe
  In der schönschte Maiezeit.

Sieh-n i d'Freund mit Sens' und Reche,
  Froh bei'm Lied in Gras und Klee,
Oder wo Blaublümle breche,
  Thut mei' Lôid mir doppelt weh.

Und sind d'Leut am Garbebinde,
  Kränkt's mi — daß mer's Gott verzeih'! —
Denn i kä's halt net verwinde
  Daß die Schönscht' net meh' debei.

Und wenn d'Mädle d'Sichle henke²
  Nôch der Erndt in Fern und Näh,
Muß i an mei' Rösle denke,
  Des die Liebscht von Alle gwe. —

Aber alloi', wenn Frühling komme,
  Freudlos darbt, sind Andre froh,
Und wem gar 's Herzliebscht ischt gnomme,
  Dem wär besser anderschtwo.

¹ Seit s' mer hänt = seit sie mir haben. ² D'Sichel=
henkete, wörtlich Sichel-Aufhängung: Lustbarkeit nach dem
Ernteschluß, wobei die Sicheln für den Winter aufgehängt
werden; alter, ländlicher Brauch in Schwaben.

Merk d'r's.

Wer d'Welt sich b'sieht vom Fenschter aus,
    Grüeßt Berg und Thal im Frühelingsklôid,
O der ist arm, trotz Hof und Haus,
    Und thut sich selber 's gröschte Lôid.

Denn der, der weder warm nô' kalt,
    Gleichgiltig lebt in Alldag 'nei',
Wurd vor der Zeit elendig alt
    Und schrumpft am End zur Hutzl[1] ei'.

---

[1] Hutzl = gedörrtes Kernobst.

Worum denn net?

Wenn i mei' schwarzbrau'g Mädle sieh,
Dô bi'-n i halt vergnügt, und wie!
   Und denk, wenn i di nô schö' hätt —
   Worum denn net?

Doch kommt ihr Vase-n uf mi zu,
Dô denk i, du Betschwescht̃er, du,
   Wenn di nô schö' der Teufel hätt —
   Worum denn net?

B'hüet di Gott.

Jetzt b'hüet di Gott,
  Mei' All und Ei'.
Weil's doch a môl
  Muß gschiede sei'.

Und aber glaub,
  Gôht's nô' so weit,
Mei' Herz ischt doch
  Bei dir allzeit.

Drum bleib mer gut
  Und bleib mer fromm
Bis über's Jôhr
  I wied'rum komm.

Und bet zu dem
  Der Älles sieht,
Daß unsrer Lieb
  Koi' Lôid net gschicht.

———————

's thut's net länger.

D'Winterzeit ischt vor der Thüre,
'ß Grille duckt sich hinter'n Herd,
Will drum au de Bündel schnüre,
'ß i'cht jetzt äller Ehre wert.

'ß thut's net länger, Herzensbrueder,
Laß dei' Bitte, 'ß ischt für d'Katz [1] —
Hoimweh han i nôch der Mueder
Und net minder nôch mei'm Schatz.

Hör i Landsleut uf der Schtrôße,
Oder Nachts bei'm Meileschtoi'
'ß Schwägerle sei' Schtückle blôse,
Gôht's mer halt durch Mark und Boi'. [2]

Will's wol glaube, daß der Winter
An dir find't sein luscht'ge Mä',
Doch bei dir schteckt au derhinter
Was mer sich nô wensche kä':

---

[1] S. v. w. vergeblich.   [2] Boi' = Bein.

Frische Mädle, gsunde Bube
Und a Weib so lieb als nett —
Gsiel mer au in son're Schtube,
Voller Glück von A bis Zett.

Hôt mer doch bei dir a Lebe
So vergnügt wochaus und -ei',
Daß 's im ewige Dernebe,[1]
Währle, kaum kä' schöner sei'.

Und muß drusse jetzt au schwinde
Blatt um Blatt in Schturm und Graus,
Brôitet ihre Zweig doch d'Linde
Wie zum Sege dir um 's Haus. —

Hätt i 's Glück wie du am Fädle,
Thät's mer gwis noch meh' net and;[2]
Doch so Gott will und — mei' Mädle,
Siehscht me 's nächschtmôl au selband.

Schätz, wer gar z'lang ohne Sorge
D'Welt sich b'sieht als led'ger Mä',
Dem bleibt ebe 's Bescht verborge,
Was oim 's Lebe biete kä'.

<hr>

[1] S. v. w. Reich der Sorglosigkeit. [2] and = nach
Etwas Verlangen tragen.

's thut's drum länger net mit Bleibe;
   B'hüet üch [1] Gott, mei' Sach hôt Eil —
Muß der Mueder d'Sorg vertreibe
   Und mei'm Lisele d'Langweil.

[1] üch = euch.

————————

Singt a Kind im grüne Klee.

Singt a Kind im grüne Klee,
   Ringe, ringe, reihe —
Rösle wachset net im Schnee
Und der Winter thut so weh,
   Nôch'ma [1] sel'ge Maie,
     Wol im grüne Klee.

Singt a Kind im grüne Klee,
   Ringe, ringe, reihe —
Immer nô' liegt Winterschnee,
Ischt mei'm Herze wind und weh,
   Träumt's vom schöne Maie,
     Wol im grüne Klee.

Singt a Kind im grüne Klee,
   Ringe, ringe, reihe —
Blümle luget ausem [2] Schnee
Schtillvergnügt, noch Lôid und Weh,
   Weil's will wieder maie,
     Wol im grüne Klee.

---

[1] Nôch'ma — nach einem. [2] Ausem = aus dem.

Singt a Kind im grüne Klee,
　Ringe, ringe, reihe —
Herz wach uf, 's fällt Blüteschnee,
Und laß ab au du von Weh,
　's will jô wieder maie,
　　Wol im grüne Klee!

Wart a Weil'.

Jauchze möcht i und möcht singe,
  Hell, daß 's kläng in's Weite 'naus,
Doch so lang net d'Knöschple schpringe,
  Traut sich au koi' Liedle 'raus.

Ach und drusse-n allerwege
  Nö' kei' Blättle um und um,
Nickt und flüschtert oi'm entgege
  Daß der trutzig Winter 'rum.

Immer nö' weht's kühl und schaurig,
  Liegt im diesschte Schlôf d'Natur,
Und manch Vögele sucht traurig
  Jetzt sein Freund in Wald und Flur.

Aber der scheint gmächlich z'rôise[1] —
  Denkt wohl heuer: Weil' in Eil'!
Han i sonscht Zeit Früheling g'hôise,[2]
  Hôis i desmôl Wart-a-Weil.

[1] z'rôise = zu reisen. [2] g'hôise = geheißen.

Und mer merkt 's am trübe Schweige
  Daß's für Sang und Klang nö' z'rauh,
Denn koi' Lerchle traut sich z'schteige,
  Fehltem[1] 's rechte Himmelsblau.

's Finkle lugt, so weit nö z'schaue,
  Ob's nö' net bald thaut und mait,
Möcht so gern sei' Neschtle baue,
  Wär net Wald und Flur verschneit.

Alles trägt nö' Dodtegwänder,
  Busch und Bom und Gras und Klee
Früheling schtöht wol im Kalender,
  Aber drusse liegt nö' Schnee.

Grauer Himmel, Nebelgschtöber,
  Schneidig kalt, schtatt Sonneschei' —
Wenn des Früheling wär, viel gröber
  Könnt der Winter au net sei'.

[1] Fehltem = fehlt ihm.

Im Dannewald.

Wenn's mailich weht im Dannewald
   Und wir sind drin so mei' und bei,
Herzliebschter Schatz, nô moin i halt,
   Im Himmel könn's net schöner sei'.

Horch wie's aus älle Zweigle grüßt
   Und gar verschtohle heimlich thut,
Als ob der ganze Wald schö' wüßt,
   Daß wir anander herzlich gut.

Han drum des Plätzle au so gern,
   Wo 's Bächle kühl vom Felse rauscht,
Wo b'Vögele singet nôh und fern
   Und 's Nehle fromm im Grüne lauscht.

Und läßt mir Gott den Himmel b'schteh', [1]
   Wensch i mir gwis koin liebere net,
Denn wär's au drobe nô' so schö',
   Was hätt i wenn i di net hätt?

[1] B'schteh' = besteh'n.
Grimminger, Mei' Derhoim.   9

Du bischt mei' Glück bei Nacht und Dag,
  Mei' Sinne-n und mei' Ufenthalt,[1]
Zu dir, soviel's oin treibe mag,
  Treibt's allzeit mi mit Wundergwalt.

Komm an mei' Herz und sieh mi ä' —
  Was hilft's daß i mi weiter b'sinn?
's Liebscht, was i doch net sage kä',
  Schtôht jô in deine Äugle drin.

[1] Ufenthalt = Aufenthalt, Ashl.

Dô freile batt't[1] koi' Doch und Wenn.

Kind bleib mer künftig nemme[2] schlêh'
    An 's Nôchbers Gartethüre,
Und laß d'r d'Liebelei vergêh',
    's kä' doch jô zu nex führe.

„O Mueder mach mer 's Herz net schwer —
    Recht Liebe-n ischt koi' Gschpasse;
Und wenn mei' Schatz a Bettler wär,
    Könnt doch net vonem[3] lasse."

Dei' Schatz hôt weder Hof nô' Haus
    Und mir[4] nex zum verschenke,
Und wer so arm wia[5] Kirchemaus,
    Soll net an 's Freie denke.

„Der reiche Bube gibt's net viel,
    Net viel die b'schtändig bleibe,
Und mancher möcht oft nô[6] sei' Gschpiel
    Mit arme Mädle treibe."

---

[1] Batt't, battet = kleckt, fruchtet. [2] Nemme = nimmer.
[3] Vonem = von ihm. [4] Mir = wir. [5] Wia = wie eine.
[6] Nô = nur.

Drum sieh de vor, daß d'bleibscht wer d'bischt,
   Jetzt, wo 's jung Volk allwege,
Viel lieber ufem¹ Danzplatz ischt,
   Als hinter Pflug und Ege.

„Doch 's Rôchbers Frieder, sag i dir,
   Ischt fleißig wie net Oiner;
Dem bi'-n i gut und er ischt's mir,
   Der gfallt mer und sonscht Koiner."

Glaub's, daß net viel so Bube sind,
   Die brav in Armut büße,
Und doch, trotz ällem dem, mei' Kind,
   Wurscht vonem² lasse müsse.

„Du g'rechter Gott, käm's dô derzu,
   Wär's mei' und sei' Verderbe,
Und i hätt nemme Rascht und Ruh
   Im Lebe-n und im Schterbe."

Wôiß wol, wem d'Lieb de Kopf versetzt,
   Mit dem ischt net gut schtreite,
Der hôt Gedanke blos für 's Jetzt,
   Denkt net an schpät're Zeite.

¹ Ufem = auf dem. ² Wurscht vonem = wirst
von ihm.

„Guck, eh'r wollt i bei Rot und Tück
    Mi arm durch 's Lebe schlage,
Als ihm sei' gotzigs[1] Erdeglück
    Um eitel Gut vertrage."

Wer so red't, red't im Uebermut,
    Lebt blos von heut uf morge,
Und frôgt net wie'nre[2] Mueder z'mut,
    Dui um ihr Kind in Sorge.

„Wenn's hagelt über's junge Feld,
    Gibt's koine volle Garbe —
Was hilft oin Reichthum, Gut und Geld,
    Wenn 's Herz debei muß darbe?"

O glaub, daß i's zum Beschte moi',[3]
    Und gern euch gäb anander,
Wüßt i net daß von Lieb alloi'[4]
    Sich's traurig lebt selbander.

„'s kleinscht Blümle findet Sonnescheî',
    Jed Hälmle Thau und Rege —
Lieb Mueder, laß mi glücklich seî',
    Und gib uns zwôi dein Sege."

---

[1] Gotzig = einzig, contrahirt aus Gott'seinzig.
[2] Wie'nre = wie einer. [3] Moi' = meine. [4] Alloi' = allein.

Tô freile batt't koi' Doch und Wenn,
Wo d'Lieb môl Wurzel gschlage;
Drum sei's in Gottes Name denn —
De kä'scht's bei'm Frieder sage.

────────

Landsart, Landssitte.

Hierlands lebt mer und läßt lebe,
　Macht's a Jeder wie'ner¹ lä',
Und gôht 's Glück au môl dernebe,
　Hôt mer doch sei' Freudle drä'.

Hierlands aber setzt's au Prügel,
　Gibt a môl a Tropf net luck,²
Wart mer net bis selber d'Flügel
　Sich verbrennt a freche Muck.

Hierlands grüeßt mer net bönschürlich,
　Secht mer schlecht und recht „Grüeß Gott";
Hierlands ischt mer nö' natürlich,
　Und Gut-deutsch koi' Narreschpott.

¹ Wie'ner = wie er. ² Nicht luck geben s. v. w. nicht nachlassen.

Deutscher Frühelingswunsch.

1804.

Wieder zittert über d'Halme
Frühlingsodem lind und warm,
Wiegt sich d'Lerch uf Jubelpsalme
Himmelhoch ob Reich und Arm.

Wieder läßt sich 's Herz verlocke
Z'träume zwische Blüt und Blatt,
Werde naffe Auge trocke,
Kummerkrause Schtirne glatt.

Gott woll's, daß bei solche Zöiche
Jeder treu der Hoffning bleibt,
Daß a mol au Deutschlands Oiche[1]
Wieder frische Blätter treibt.

[1] Oiche = Eiche.

Z'viel ischt z'wenig.

1865.

Was hilft's, daß Deutschland Fahne schtickt,
So lang's an seiner Freiheit flickt;
Was nutze Gsangs- und Schützefest,
So lang nd' Guggugsbrut im Nescht?

Fruchtlos der vollschte Sängergruß,
So lang er net zum Thate treibt;
Umsonscht der beschte Môischterschuß,
So lang der Schütz a Trömer[1] bleibt!

I wollt 's wär endlich môl verbei
Mit all der Jubelduselei,
Und jeder Deutsche wär a Mä',[2]
Der sich uf sich verlasse kä'.

[1] Trömer = Träumer. [2] Mä' = Mann.

Was i so traurig sind.

1865.

Des isch was i so traurig sind,
　Daß wir, jôhraus jôhrei',
Allzeit meh' denket was mer sind,
　Schtatt, was mer könntet sei'.

Wol kommt in Kunscht und Wisseschaft
　Koi' Volk der Welt uns gleich,
Wol fehlt's au net an Mark und Kraft
　Im liebe deutsche Reich.

Was aber hilft uns Kraft und Mark,
　So lang, für 's Nötigscht blind,
Wir blos im Schpintisire[1] schtark
　Und schwach im Thate sind?

Trifft uns doch Schpott in Fern und Näh,
　Weil wir, gedankekrank,
Von je sind Weltlakaie gwe,
　Für eitel Deufelsdank. — —

[1] Schpintisire = Klügeln.

Volk von der Donau bis zum Belt,
 Wärscht du bei' Demut los,
Wo gäb's a zwôits wol in der Welt
 Wie du, so schtark, so groß!

————

Veteranegedanke

am 18. Oct. 1863.

Feschtfeuer lodert hell durch b'Nacht,
    Von Berg zu Berg, allum,
Zur Nôcherinnering an b'Schlacht
    Um 's alte Leipzig 'rum.

Wo Er, der blos nôch Macht hôt gschtrebt,
    Unb Ström von Blut net gscheut,
Doch gmerkt hôt, daß a Herrgott lebt
    Au nô' für anbre Leut. —

Hei, hôt's bô gsaust in Fern unb Näh,
    Blitzt, kracht unb klirrt unb knarrt,
Bis enblich 's Ferschegelb hôt ge[1]
    Der gwaltig Bonepart.

Schau, seitbem faullenzt b'Armantur
    Dort hinter'm Kaschte, Bu,
Denn nôch[2] der große Kugelfuhr
    Hôt's g'hôise: „Hahn in Ruh!"

[1] Ge = gegeben.   [2] Nôch = nach.

Doch heutigs Dags nö', gwis und wôhr,
    Nähm i d'Muschtet zur Hand,
Gält's wieder, wie vor fufzig Jöhr,
    Ausz'merze Schimpf und Schand.

Derb hôt mer'r dômôls d'Flügel gschtutzt
    Der welsche-n Adlerbrut,
Nô wollt i, 's hätt uns mēhner gnutzt[1]
    Des viel vergosse Blut.

Denn anderscht schtänd's im Vatterland,
    Wär All am rechte-n Ort,
Und hätt mer 's Volk net nôchderhand
    Abgschpeist mit leere Wort.

Verschproche hôt mer'm Älles, lug,
    Wo d'Sach im Arge gle,[2]
Doch g'halte währle wenig gnug,
    Wie's nemme nötig gwe.

Koi' Wunder wenn dergleiche Fescht
    Mir net nôch Herze sind,
Denn 's fehlt zum Jubel mir halt 's Bescht
    Für Kind und Kindeskind.

Sind solche Freude doch in oi'm
    Wie Schatte-n an der Wand
So lang mer halbe blos derhoim
    Im oigne Vatterland.

1 Mēhner gnutzt = mehr genützt. 2 Gle = gelegen.

Und lôider gilt für uns des Wort,
Was immer sonscht au gschieht,
So lang in Deutschland Süd und Nord
Sich über d'Axel b'sieht.[1]

Würf d'Lieb môl erscht dèn Grabe zu,
Von Grondaus, nô,[2] bei'm Schtrôl!
Vergäß i gern dui Schramme,[3] Bu,
Von anno Tôzemôl.

[1] Über d'Axel b'sieht = über die Schulter ansieht.
[2] Nô = dann. [3] Schramme = Narbe.

Not bricht Eise.

1864.

Schtôht's um d'Freiheit nô' so schlecht,
 Halt drum d'Hoimet doch in Ehre,
Denn was wider Gott und Recht,
 Kâ' net ewig ewig währe.

Wol ischt 's Volk im Glück oft daub, [1]
 Wenn der Warning Glocke schalle,
Läßt sich willig Raub um Raub
 Und am End au — Kette gfalle.

Doch kä' Schturm die frieblichscht Wolk
 Jäh zum Gwitterherbt verwanble,
Und so lernt au d'Not a Volk
 Oft durch Elend wieder hanble.

Denn wär's nô' so lenbelahm,
 Demutwillig und verlungert,
Ischt doch gwis koi' Volk so zahm,
 Daß's net d'Fessle bricht wenn's — hungert.

---

[1] Daub = taub.

Und schätz wol, 's ischt besser doch
  Hungerwach für d'Freiheit z'ringe,
Als behaglich d'Lebenswoch
  Thatefaul in Schand z'verbringe.

Koi' Nacht ohne Morge.

Trotz Nöte-n und Allem
   Was 's Lebe vergällt,
Ischt's doch wege Sellem[1]
   So übel net bschtellt.

Wie dornig au 's Lebe,
   Der Trübsal ischt's wert,
So lang's oi'm dernebe[2]
   No' Maiedäg bschert.

Greift's Jedem doch selig
   In's Innerscht mit Macht,
Wenn drusse-n allmälig
   Der Früheling erwacht.

Millione von Herze,
   Schwermütig und zag,
Vergesse der Schmerze
   Bei'm Nachtigallschlag.

---

[1] Sellem = Selbigem. [2] Dernebe = daneben.

Und wandle·n au Wonne
   Sich Manchem in Ach,
Scheint freundlich doch d'Sonne
   Uf Jedermanns Dach.

Und wo zum erbarme
   Der Glücklich oft z'träg,
Schtreut Blüte·n em[1] Arme
   Der Früheling in'n Weg.

Denn All hôt sei' Sächle,
   Wie 's Füchsle sein Bau,
Wie 's Fischle sei' Bächle,
   Wie 's Blümle sein Thau.

Koi' Glück ohne Sorge,
   Koi' Not sonder End,
Koi' Nacht ohne Morge
   Für g'rungene Händ.

Drum laß deine Klage,
   Bleib munter und wif.[2]
Wer wurd glei verzage,
   Gôht's z'weile·n au schief. —

      .

[1] Em = dem. [2] Wif = frisch bei der Hand, anstellig, entsprechend dem französischen vif und dem lateinischen vivus.

Wenn d'Rösle-n im Garte
Der Herbschtwind verschliebt,
Nô[1] muß mer halt warte
Bis's andere giebt.

[1] Nô = dann.

Blos oi' Vatterunser.

Ueber'm Dorf, gar weitum z'schaue,
 Wo vom Hang der Wildbach muß,
Leuchtet 's Kirchle hoch im Blaue,
 Recht wia[1] schtiller Gottesgruß.

Und dernebe gôht der Paschter[2]
 In sei'm Gärtle hinter'm Haus,
Ruht, umblüht von Ros' und Aschter,
 Juscht von Beicht und Frühmett aus.

Hoîm sind älle Vetter gange
 Die der Tröschting gnosse schö',
Blos zwôi Kinderäugle hange,
 Thränegfüllt, am Kirchle nö'.

D'Händle gfaltet über'm Schösle,
 Sacht umschpiell vom Morgewind,
Sitzt und sinnt, betrübt, klei' Rösle,
 Bei der Gruhbank[3] an der Lind.

---

[1] Wia = wie ein. [2] Paschter = Pastor. [3] Gruh-
bank = Ruhbank, wo Landleute ihre Lasten abzustellen
pflegen.

Möcht sei' Not wol gern jetzt klage,
　　Dort wo's nie der Lieb entbehrt,
Ach und traut sich doch net z'sage
　　Wasem[1] 's Herzle heut so bschwert.

Ebe-n aber kommt der Brueder
　　Querfeld über'n Weg vom Hang,
Und derhinterher ruft d'Mueder:
　　Rösle, Kind, wo bleibscht so lang?

Und worum läscht 's Köpfle hange,
　　Wôible[2] red, bischt krank vielleicht,
Oder sag, isch net gut gange
　　Bei'm Herr Pascher in der Beicht?

Doch klei' Rösle schüttelt 's Köpfle,
　　Wie-n a Knoschp, wenn's kühlt im Merz,
Schluchzt und schlürzt, im Aug a Tröpfle,
　　Sich mit Hascht[3] an 's Muederherz.

Ach, i wôiß mi gar net z'rette,
　　Denn i han a Bus wie Roi's[4] —
Soll drei Vatterunser bette,
　　Lieber Gott, und lä' blos oi's.[5]

[1] Wasem = was ihm. [2] Wôible = schnell. [3] Hascht
— Hast. [4] Roi's = Keines. [5] Oi's = eines.

Schö' Lorle am See.

Recht wie‑n a Gedichtle
 Des lieb mit oi'm red't,
Ischt Lorle dei' Gsichtle,
 Und doch — i wôiß net —

Trotzdem a gwiß Gmunkel
 I prächtig verschtand, [1]
Bleibt Manch's mir doch dunkel
 An dir, vorderhand.

Sieh zeitweis di lose [2]
 Und gwaltig bewegt,
Wenn's leis bei de Rose
 Im Röhricht sich regt.

Au schtôhschst [3] du mit Inize
 Äls [4] nachts an der Fähr,
Als hätt'scht du mit Nize
 Dort heimlich Verkehr. —

---

 [1] Verschtand = verstehe. [2] Lose = lauschen.
[3] Schtôhscht = stehst. [4] Äls = hin und wieder.

„O du g'rechter Richter
　　Im himmlische Zelt,
Was doch so'na[1] Dichter
　　Net sieht in der Welt!" —

Wol han i drum g'lese
　　Im Aug dir oft gnug,
Und werd aus dei'm Wese
　　Doch immer net klug.

Denn wild kä'scht du lache,
　　Daß z'innerscht mir graust,
Wenn's juscht um de Nache
　　Doll[2] gwittert und braust.

Und oft, wenn sich 's Wasser
　　Kaum kräuselt im See,
Wurd blasser und blasser
　　Dei' Gsicht, wie von Weh. —

„Ei, ei, sonscht nex weiter?
　　I glaub du suchscht — Schtuß[3] . . .
Tô ruder', 's ischt gscheidter,
　　Und gib mer en Kuß!"

---

[1] So'na = so ein.　[2] Doll = toll.　[3] Schtuß = Zwist.

Bî' der Bott[1] um Schtuegert 'rum.

Bî' der Bott um Schtuegert 'rum,
   Han a herzigs Weible,
Hôt koi' zwôits wol, um und um,
   So'n a Herz im Leible.

Fuchs und Has[2] in Schtub und Schtall,
   Und doch ohne Franze,[3]
Ischt's die Fleißigscht überall,
   Wie die Flinkscht bei'm danze.

Hilft mer gschirre-n[4] in der Fruh,
   Und komm i von drusse,
Lacht's mer schö' von Weitem zu
   Und ischt lieb zum kusse.

Fescht an'ander hange mer,
   Sind net von de Mirbe,[5]
Und am Sonndig gange mer
   Nôchmittags uf d'Kirbe.[6]

---

[1] Bott = Bote. [2] Fuchs und Haas sein bedeutet im Schwäbischen s. v. w. klug und flink. [3] Franze = Fransen, will hier jedoch sagen ohne Fetzen. [4] Gschirre = ange- schirren, aufzäumen. [5] Net von de Mirbe = nicht von den Unfesten, Mürben. [6] Kirbe = Kirchweih.

Plôgt mer sich wochaus und -ei',
   Dags vom frühe Morge,
Will mer au môl luschtig sei',
   Lebig von de Sorge.

Hei, wenn Baßgeig und Klarnet
   Drin im Rössle klinge,
Wie wurd bô mei' Weible net
   Jauchze, banze, schpringe!

Aber schpringt's au nô' so hoch,
   Isch's a môl recht munter,
Hôt's koi' Gfôhr, 's kommt immer doch
   Wieder zu mir 'runter.

Denn was 's thut, thut's lieb und nett,
   Ohne Überhebe,[1]
Und wenn i den Schatz net hätt,
   Möcht i nemme lebe.

Bi' der Bott um Schtuegert 'rum,
   Han derhoim a Weible,
's hôt koi' zwoits wol, um und um,
   So-n a Herz im Leible.

[1] Ohne Überhebe = anspruchslos.

Alles verbei.

'3 könnt schtürme meitwege
 Und brause wie's will,
I hätt nex dergege,[1]
 Wär's sonscht net so schtill.

Doch hört mer durch 's Wettre,
 Thaluf und thala',[2]
Koi' Lerchle mēh' schmettre,
 Koi' Finkle mēh' schla'.[3]

Hoch über de Thäler
 Kröist blos nō' der Weih,
Und mit de Verzähler
 Für 's Herz ischt's verbei.

D'Waldvögel hänt traurig
 Verlasse-n ihr Nescht,
Und rundum weht's schaurig
 Durch 's blätterleer G'äscht.[4]

[1] Dergege = dagegen. [2] Thala = thalab. [3] Schla'
= schlagen. [4] G'äscht = Geäst.

Und mir fehlt der Friede,
  Liegt Alles in Schtück,
Seit 's Gschick mi hôt gschiede
  Von Lieb und von Glück.

I schleich mi durch d'Gasse,
  Mit Hoimweh für Drei,
Und kä's nö' kaum fasse
  Daß Alles verbei. —

's könnt schtürme meitwege,
  Und brause wie's will,
I hätt net dergege,
  Wär's sonscht net so schtill.

Schlag ei'.

Du meiner Freude Bronne,
  Vom Himmel bschiede mir,
Wie 's Blümle nôch der Sonne,
  Hôt 's Herz verlangt nôch dir.

Nôch irre Wanderfahrte
  Sei du mir mei' Derhoim,
Denn in der Fremde Garte
  Darbt d'Lieb verwôist[1] in oi'm.

Doch was au druss' z'verwinde,
  Oi'm lôibigt Kraft und Mut,
Schau, so'na[2] Wiederfinde
  Macht Alles wieder gut.

Drum komm, gib her dei' Händle
  Und guck net so beiseit,
Blüht mir im Schwôbeländle
  Doch sonscht koi' Rosezeit.

---

1 Verwôist = verwaist. 2 So'na = solch ein.

Schlag ei'! Nôch Täg voll Bange
 Winkt Freudesonneschei',
Und was uns Lieb's entgange
 Bringt d'Lieb au wieder ei'.

Denn glaub des Oi' mir, Schätzle,
 Falls d' nô[1] mit Zweifel gôh'schst:[2]
Dô drinne-n ischt koi' Plätzle
 Wo du net gschriebe schtôhscht. [3]

---

[1] Falls d' nô' = falls du noch. [2] Gôhscht = gehst.
[3] Schtôhscht = stehst.

Hoimweh.

Ich hör's nemme dose,[1]
  Wenn 's Wildwasser schpringt,
Und kä' nemme lose,[2]
  Wenn d'Nachtigall singt. —

O hättscht me doch glasse[3]
  Derhoim uf der Alb!
Des Pferche-n in Gasse,
  Schatz, gfallt mer nô[4] halb.

Säht gern wieder grase
  Mei' Herdle druss' 'rum,
Denn währle, dei' Base
  Dui bringt mi nô'[5] um.

I därf nemme singe,
  Wie sonscht uf der Wôid,
Will 's Herz mir au schpringe
  Vor Gram oft und Lôid.

---

[1] Dose = tosen. [2] Lose = lauschen. [3] Glasse = gelassen. [4] Nô = nur. [5] Nô' = noch.

Und 's treibt me halt ebe
Zur Hoimet, nôch Haus —
Des schtädtische Lebe
Des halt i net aus. —

's Wildrösle im Scherbe
Hätt Sonneschei' gnung,
Hot doch müesse schterbe
Und war nö' so jung.

––––––––

D' Lieb hôt halt ihre Naube. [1]

Net weit vom Rothewäldle, [2]
   Am Vogelgsanger See,
Blüht in der Ahne Feldle
   A Blümle weiß wie Schnee.

Wenn d'Nachtigalle schlage
   Und d'Schtern am Himmel schtêh',
Soll oft a heimlich Klage
   Durch Schilf und Röhricht gêh'. —

Hôt mōl um d'Sonnwendfeier
   A Nix en Jäger g'herzt,
Und Alles, Kranz und Schleier,
   In selber Nacht verscherzt.

Und der ihr Alles gnomme,
   Bei'm Nachtigalleschlag,
Ischt nemme wieder komme,
   Bis uf de heutge Dag.

[1] Naube, wol verderbt gebildet aus Knauf, bedeutet s. v. w. große Schwierigkeiten; man hört z. B. häufig sagen: „Dui Sach hôt ihre Naube", was genau dem lateinischen res habet multum difficultatis entspricht. [2] In der Nähe von Stuttgart, ehedem ein Plätzchen voll märchenhafter Romantik, jetzt nahezu ausgerodet.

Doch dort wo mol vor Morge
  Ihr Herz so glücklich gwe,
Blüht seitdem, schtill verborge,
  A Blümle weiß wie Schnee.

Wer's find't in schwere Schtunde,
  Von Lieb und Herzweh quält,
Der soll von Grundaus gsunde,
  Vergesse wasem [1] fehlt. —

So hôt d'Frau Vas' uns Kinder
  Bei'm Schpinnrad oft verzählt,
Hôt's Obeds mol im Winter
  An neue Gschichtle gfehlt. —

D'Lieb hôt halt ihre Naube,
  Und Herzweh hôilt [2] gar schwer —
Wollt jô so gern drä' glaube,
  Wenn's net verloge wär.

Gar oft bi-n i schô' gsesse
  Bei'm Blümle dort am See,
Und kä's doch net vergesse,
  Daß du mei' Schätzle gwe.

[1] Wasem = was ihm. [2] Hôilt = heilt.

Warnung.

Vögele flieg net so hoch,
  Bleib bei de Rose,
Könnt'scht am End d'Flügele doch
  Dir wo verschloße.

Magscht mit dei'm Witt-witt-witt
  Um und um fliege,
Aber, um was be bitt,
  Laß di net kriege. [1]

Nimm di sei' recht in acht
  Vor 's Nôchbers Katze,
Schleichet sacht Tag und Nacht,
  Hänt scharfe Datze. [2]

---

[1] Kriege bedeutet im Schwäbischen sowol fangen als (etwas) empfangen. [2] Datze = Tatzen.

's Mädle am Schwenkelbronne. [1]

In der Lerch [2] am Schwenkelbronne
    Bi-n i wundersgern am Platz,
Weil mer dort 's Neujöhr abgwonne [3]
    Mei' herzdausig liebschter Schatz.

Denkt mer nö' des Z'sammekomme,
    Wo so schtill hänt b'Schternle guckt,
Wie-n er bei der Hand mi gnomme
    Und in Ehr' hôt g'herzt und druckt.

Ja mei' Schatz des ischt halt Einer
    Wie mer's nemme findt so glei —
Toll und luschtig oft wie Koiner
    Und doch immer lieb debei.

Wôhr ischt's, wenn er grad am necke,
    Ischt's a rechter Übermut,
Wie koi' schlimmerer im Flecke,
    Aber und er ischt doch gut.

---

[1] Ein alter, überdachter Ziehbronnen, am Wege nach Bothnang (Dorf bei Stuttgart). [2] Name eines Güter-bezirks in Stuttgart, wahrscheinlich ehedem Lärchen-walbung. [3] Er hôt mer 's Neujöhr abgwonne f. v. w. er hat mir's angethan.

Wie-n i Samschtig Nacht verwiche
Grab am Wasserschöpfe dort,
Kommt der Schelm von hinte gschliche,
Kußt mi ab und secht[1] koi' Wort.

Hättem[2] bös sei' möge, währle,[3]
So bi-n i verschrocke drä',
Aber 's ischt a lieber Kerle,
Dem mer nez verdenke kä'.

[1] Secht = sagt. [2] Hättem = hätt ihm. [3] Währle = wahrlich.

Z'Berg am Necker.

Z'Berg am Necker, ober'm Brückle,
  Schtôht a-n uralt schtattlich's Haus,
Dort guckt älle Dag mei' Glückle
  Morgens früh zum Fenschter 'raus.

Z'Berg am Necker gibt's Blauauge,
  Dürftet kaum wo knitz're[1] sei',
Doch i glaub, grad weil s' net bauge,
  Guckt mer um so lieber 'nei'.

Z'Berg am Necker wurd mer inne
  Was a Mühl net all vermag,
Gôht oi'm selber juscht dô drinne
  's Herz wia Mühlrad Nacht und Dag.

Z'Berg am Necker ischt a Plätzle,
  Wo nie Gschpaß und Ernscht verschtôht,
Such drum Koiner dort a Schätzle,
  Wenn'sem[2] net von Herze gôht.

[1] Knitz're = schelmischere. [2] Wenn'sem = wenn's ihm.

Z'Berg am Necker führe d'Mädle
  D'Bube gern am Narresôil,
Rieglet Obeds ihre Lädle,
  Hänt se Dags¹ au Küßle fôil.²

Z'Berg am Necker, nôh der Schtiege,
  Blüht manch Blüemle lieb und zart,
Und doch kä' mer Körb dort kriege,
  Grob und feîl', von jeder Art.

Z'Berg am Necker findet d'Junker
  Drum au weder Jagd nô' Trieb,
Denn am Necker gilt koî' Gschunker,
  Fangt mer d'Mädle blos mit Lieb.

¹ Dags = den Tag über. ² Fôll = feil.

Gut bürgerlich.

Gar leicht sind Soldätle
Von adlichem Blut,
Liebäuglet mit Mädle
Und moinet's net gut.

I kenn a schmucks Gräfle,
Des bsucht uns, i wett,
Blos weil's a reichs Schäfle
Zum schere gern hätt.

Er dient bei de Reiter,
Hôt Borde[1] und Schporn,
Und sonscht au wol weiter
Nex hinte-n und vorn.

Schpielt täglich im Schträßle
De vornehme Mä',[2]
Und guckt durch sei Gläsle
So gscheidt als er kä'.

[1] Borde = Borten. [2] Mä' = Mann.

Uf 's Vätterle pochter,
   Dem's gfallt in der Schtill,
Doch i bi' sei' Dochter
   Und wôiß was i will. —

Such 's Glück in der Trübe[1]
   Wer will in der Welt,
Mei' Herz verlangt Liebe
   Und 's Gräfle möcht Geld. —

Und wär er ohn Tadel
   Und gscheidter wia Buch,
I nähm koin von Adel
   In zwôierlôi Duch.

Denn lieber no' ledig,
   Gut bürgerlich klei',
Als so'na[2] Frau Gnädig
   Und ônglücklich sei.

[1] Trübe wird im Schwäbischen auch weiblich ge-
braucht. [2] So'na = solch eine.

Bischt a môl mei' Schätzle gwe.

Mit Juhe treib i zum See
   D'Rößle nôch der Schwemme —
Bischt a môl mei' Schätzle gwe
   Und jetzt bischt's halt nemme.

Schließ von wege meiner nô [1]
   Schtolz bei' Fenschterläble,
D'Ehr ischt doch schô' lang dervô',
   Flatterherzigs Mädle.

Dei'thalb komm i net verbei,
   Dui Zeit ischt verfloge,
Wo's nô', wie durch Hexerei,
   Mi zu dir hôt zoge.

Fernd [2] Johanne hôscht mer nô' [3]
   Lieb und Treu verschproche,
Aber vor Martene schô'
   Um en Andre broche. —

[1] Nô = nur. [2] Fernd = letzt, vergangen. [3] Nô'
= noch.

Wôiß, bei dir ischt besser drã'
  Wer derhoim im Gflunker
Und so recht flattire kã',
  Wie der gnädig Junker.

's möcht am Fenschter sich für di
  's Myrtheschtöckle schäme,
Wie du hintergange mi,
  Ohne Zucht und Zähme. —

Wenn der Wind vom Dobel weht,
  Soll schlimm Wetter komme —
Hôscht gar rote Bäckle g'het, [1]
  Sag, wer hôt d'r's gnomme?

Z'weile, wenn i deiner denk,
  Moîn-i [2] du sei'schst gschtorbe;
Drum wenn d' glaubschst daß i mi kränk,
  Ischt d'r d'Freud verdorbe.

Mit Juhe treib i zum See
  d'Rößle nôch der Schwemme —
Bischt a môl meî' Schätzle gwe
  Und jetzt bischt's halt nemme.

¹ G'het = gehabt. ² Moîn-i = meine ich.

Wott eher mi verdinge.

Bi' wöiß der Herr net z'neide,[1]
    So löibig ischt mir z'mut —
De Liebschte soll i meide
    Und bi-nem doch so gut.

Han drum de ganze Winter
    Viel trübe Schtunde g'het,
Und niemer schteckt derhinter
    Als b'Base Margeret.

S' ischt fromm, fascht net zum sage,
    Für d'Welt schö' halbe blind,
Nö lä' se's net vertrage,
    Wenn Andre glücklich sind.

Mer secht, se häb[2] als Mädle
    Sich manch a Freudle gönnt,
Und 's könnt ihr Fenschterläble
    Verzähle viel, wenn's — könnt.

---

[1] Z'neide = zu beneiden. [2] Mer secht, se häb = man sagt, sie habe.

Schätz wol, weil ihr netz bliebe
    Als wildverbanzte Schuh,
Drum läßt ihr d'Nächschteliebe
    Jetzt Dag und Nacht koi' Ruh.

So hôt se letscht bei'm Vatter
    Gar sündlich mi verschwärzt,
Weil heimlich i bei'm Gatter
    Mit mei'm Soldate gscherzt.

Ei' Trübsal an der andre
    Han i seitdem derhoïm,
Soll gar in 's Kloschter wandre,
    Wo's ewig aus mit oi'm.

A Nonne=n aber z'werde
    Fallt mir im Schlôf net ei',
So lang's uf Gottes Erde
    Selband [1] mag schöner sei'.

I daug [2] net zum Psallire, [3]
    Schtimm lieber froh mit ei',
Wenn d'Vögele musizire
    Im helle Sonneschei'.

_____

[1] Selband = selbander. [2] Daug = tauge. [3] Psallire
= hier s. v. w. Psalmen singen.

Wollt eher mi verdinge
    Und lasse-n all was mei',
Als daß i mi ließ zwinge
    Todt und lebendig z'sei'.

So Manche sitzt im Kloschter
    Dui lieber wär bei'm Danz,
Dui seufzt in 's Paternoschter
    Und greint bei'm Rosekranz.

Ischt au mei' Schatz blos Gmoiner[1]
    Und net vom reichschte Schtamm,
Neid i bô drin doch Koiner
    Ihr'n Himmelsbräutigam.

[1] Gmoiner = Gemeiner.

Verschtohle Glück.

Riesel, Bächle, riesel,
   Daß uns niemerts hört;
Komme sieh-n i d'Liesel
   Heimlich über 's Wörth.

's Glück hôt leichte Sohle,
   Schtellt sich selte-n ei' —
Könnet blos verschtohle
   Traut selbander sei'.

Mond, schlupf hinter d'Wolke —
   Wôischt jô wie mir drä'[1] —
Daß net Arglischt folge,
   Uns beluge[2] kä'.

Nachtigalle schlage
   Hell durch d'Frühelingsnacht,
Doch i därf net sage
   Was mi selig macht.

---

[1] Drä' = daran (sind). [2] Luge = spähen.

Rauschet, Blättle, rauschet,
　Taß neidfalscher Mut,
Wenn mir Küßle dauschet,
　Uns koin Schade thut.

Ach, denn 's bitterscht Leide
　Wär's, was mir verblieb,
Müßt i jemôls meide
　Mei' herzdausig Lieb.

Gott bewahr des Plätzle
　Wohl vor Not und Tück
Und laß mir mei' Schätzle,
　Han jô sonscht koi' Glück.

Möchtet Hochzig mache,
　Doch im Mühlegrond
Haust a-n alter Trache,
　Der's uns net vergonnt.

———

Fromm ischt net fromm.

Guck, wenn i Menschekinder sieh
Mit Lug ihr Gsicht verbräme,
Ischt's immer mir als müeß i mi
Für unsern Herrgott schäme.

Und voll macht's mi fuchsdeufelswild,
Wenn falsche Demutgschtalte
Sich bsonders für sei' Ebebild
Vor älle andre halte.

Doch wurd sei' Lebbag, ohne Gföhr,
A Fuchs koi' Heilger, währle,
Und psalmt er drum au 's ganze Jöhr,
Bleibt's doch a schlechter Kerle.

Vätterlicher Rôt[1] bei'm Abschied.

's Ränzle um und uf de Hut,
  Bu, so lang nô' d'Amsle schlage;
Koiner wôiß was Schlecht und Gut,
  Der's blos kennt vom Hôresage.

Gang der grade Schtrôße nôch,
  Thu was vor dei'm Herz gebührlich,
Ehr' und acht' dei' Mueberschprôch,
  Und vor Allem, bleib natürlich.

Halt dir Herz und Rucke frei,
  Üeb dei' Kraft, doch net im Schmuggle,
Und verwechsl'l, wo's au sei,
  Demut nie mit Katzebuckle.

Scheu d'Kalfakterei wie d'Pescht,
  Werd mer net zum Simseläufer,[2]
Denn was brav und ehrefescht,
  Find't am End doch au sein Käufer.

[1] Rôt = Rat. [2] Simseläufer, s. v. w. Einer, dem
jeder Weg recht ist, um einen Vortheil zu erschleichen.

Und ob d'Welt au, um und um,
  Allethalb voll Trug und Faxe,
Eder di, Du, den Deufel drum,
  Red wie dir der Schnabel gwachse.

———

Was g'lernt will sei.

Alt're-n ohne älter z'werde,
Bleibt, nächscht Lieb, doch 's Bescht uf Erde;
 Aber 's ischt, für Groß und Klei,
 Halt a Kunscht dui g'lernt will sei.

Mancher, desse Maizeit gschwunde,
Moint er häb[1] de Schlüssel gfunde
 Zu der Jugend Roseschtätt,
 Aber ufbrôcht[2] hôt er net.

Denn au dô drin sind uf Erde
Wenig b'rufe „Moischter“ z'werde,
 Und gwis Koiner, dem im Gmüt
 Net[3] der göttlich Funke glüht.

Der blos wurd im Alldagstreibe
Frühelingsfrisch und muschber[4] bleibe,
 Desse Herz, zu jeder Frischt,
 Herberg ällem Schöne-n ischt.

---

[1] Häb = habe. [2] Ufbrôcht = offen bekommen. [3] Net
= nicht. [4] Muschber, eigentlich musterbar, s. v. w. munter,
bei frischen Kräften.

———

Dei' beschter Freund.

Halt immer schtill
Wo 's Herz net will,
Folg seine Schläg
Uf Weg und Schteg.

Denn, glaub mir, 's ischt
Und bleibt, wo' d' bischt,
Ob's lacht, ob's greint, [1]
Dei' beschter Freund.

[1] Greint = weint.

Werd dir selber gnug.

Wer blindlings hofft,
Der schtolpert oft,
Hôt Leder fôil[1]
Am Narreiôil.

Wer thut und schafft,
Gwinnt Mut und Kraft,
Und hangt net ab
Von Dilledapp.[2]

---

[1] Wird z. B. auch gesagt, wenn ein Mädchen beim Tanze sitzen bleibt. Fôil = feil. [2] Dilledapp = dummer einfältiger Mensch.

Sei gscheidt bei Zeit.

Gwinne-n und verrinne wieder,
  Denk, ischt Glücks Beginn und End;
So legt Mancher reich sich nieder
  Und wacht uf mit leere Händ;

Sieht sich, elend und verlasse,
  Ueber Nacht, daß 's Gott erbarm!
Gschtoße-n in der Armut Gasse,
  Ärmer nö' als bettelarm.

Denn wer nie gen [1] Sorgeschauer
  Gwehrt sich hôt, mit Hand und Fuß.
Währle, dem wurd's doppelt sauer
  Wenn er's jählings lerne muß.

Doch wer klug durch's Feuer gange,
  Dô wo Schlimmers droht als Not,
Dem braucht, au verarmt, net z'bange
  Für sei' Schtückle däglich Brod.

[1] Gen = gegen.

's wurd scho̅ so sei̅ müesse.

's wär wirklich zum verzweifle-n oft,
Käm Glück und Lôid net ônverhofft,
Doch dô drin liegt, bedenkscht du's gut,
A Troscht der z'weile Wunder thut.

Ischt doch koi̅ Wässerle so klei̅,
Daß 's net môl glänzt, scheint d'Sonne drei̅,
Und so arm wurd koi̅ Herz net sei̅,
Daß 's net môl jauchzt, lugt d'Lieb drei̅ 'nei̅.

Im Krämerlädle.

Ei grüeß Gott, grüeß Gott Herr Paschter![1]
   Au môl wieder hiesig sei'?
Was ischt Ihne gfällig? „Knaschter;
   Aber gut, gut muß er sei'."

Ha natürlich, echter gelber —
   Der bô gschmeckt'n[2] gwiß, i wett;
's ischt a Kraut des lobt sich selber —
   „So — so — so? Nô[3] rauch i's net."

[1] Paschter = Pastor. [2] Der bô gschmeckt'n = dieser
hier schmeckt Ihnen. [3] Nô = dann.

A Schluegerter Obedschöpple.

Gôht's älsgmach au zum Schöpple, Vetter?
  Recht so, mer thut sei' Burgerpflicht;
Doch sag môl, alter Traubetretter,
  Was machscht denn du heut für a Gsicht? —

Lach Diner dem der Herbscht verfrore —
  Für gwise Scherbe gibt's koin Kilt,
Und wer für's Häfele gebore,
  Der kommt halt net uf's Kanntebritt.[1]

Des ischt a-n uralt's Gschichtle, Frieder: —
  's Glück lauft um d'Welt im Narreschritt
Und läßt bei'm Dommschte-n oft sich nieder,
  Der kaum recht wôiß wo nä' demit.

Wurscht's[2] g'hört han schô' vom Hugenbubel —
  Der hôt jô g'erbt,[3] Gott wôiß wie schwer;
Sag dir, seitdem ischt dort a G'jubel
  Daß 's z'weile thut wie's Muetesheer.[4]

[1] Will sagen: Wem eben das Glück nicht will, der bringts auch zu nichts. (Kanntebritt = Kannenbrett.) [2] Wurscht's = wirst's. [3] G'erbt = geerbt. [4] Im Muetesheer begegnen wir offenbar dem Woban oder Wuotan und seinem Gefolge Einheriar, d. i. den Geistern der in der Schlacht gefallenen Krieger; hier s. v. w. das wilde Heer der noch lebenden Volkssage.

Der wär jetzt aus der Däufe g'hobe! [1]
　Und denk an mi — domm oder gscheidt:
Bald sitzt au der im Rôthaus drobe,
　Schwarzgfrackt, an 's Burgemôischters Seit'. —

Ach wisset Fink, bei gwise Tittel
　Schpielt oft au Zufall „blinde Kuh",
Denn 's hôt manch Andrer grad so d'Mittel
　Und kriegt doch net de Rang derzu.

Mei Garte-nôchber schtrotzt von Borde,
　Sei Bu wurd nächschtens Leutnant schö',
Der Nallinger ischt Schtadtrôt worde,
　Und i feldschteiß'l [2] immer nö'. —

Ei Leut, was sind ihr kleine Gôischter,
　Sobald von Ehre-n-ämtle [3] d'Schpröch —
Schuhflicker oder Burgemôischter,
　Der Hoppelau [4] frogt nex dernôch.

I han für derloi' net viel über
　Und such ganz anderschtwo mein Mä',
Denn was ischt Rang, wachst Gras môl drüber,
　Wenn sonscht nex weiter drum und drä'? —

---

[1] Will sagen s. v. w. über Wasser, geborgen. Däufe =
Taufe. [2] Feldschteißler = Felduntergänger. [3] Ehre-n-ämtle,
Diminutivplural von Ehrenamt. [4] Alter Friedhof in
Stuttgart.

Gut gſchproche Gvatter Dodtegräber —
   D'Hauptſach iſcht wie, net was de wurſcht;[1]
So bi-n i gwis a-n armer Weber
   Und doch vielleicht der reichſcht — an Durſcht. —

Nõ[2] mir glitzt au koi' Bord am Krage,
   Wie Dem und Dem, um 's doppelt Ki',[3]
Und doch muß Jeder von euch ſage,
   Daß i der Höchſcht von Schtuegert bi'. —

Recht hôſcht, Hohwächter; ohne Zweifel
   Biſcht du der Höchſcht wo's hoch hergôht
Und, ohne Frôg, der erſchte Deufel,[4]
   Der gut mit unſrem Herrgott ſchtôht.

----

   [1] Wurſcht = wirſt. [2] Nõ = nun. [3] Ki' = Kinn.
[4] Wirklicher Name des (einſtigen) Hochwächters der
Stiftskirche.

Im Kelterschtüble.

Nett wurd's halt im Kelterschtüble,
   Ischt a môl der Herbscht verjuchzt,
Wenn der „Neu",[1] wia vorlaut's Büble,
   Oi'm so recht in b'Nâse pfuchzt.[2]

Profit Heiner! Schätz, der Heurig
   Könnt en gute Tropfe ge,
Und i wett, er wurd so feurig,
   Wie der Sechsevierzger gwe.

Jô, hôischt recht, des ischt môl wieder
   Oiner den mer leide kä',
Und i gschpür's am „Bitzle",[4] Frieder,
   Der wurd recht, der nimmt mi â'.

[1] Der Neu = der junge Wein. [2] Pfuchzen f. v. w.
gährendes Zischen. [3] Bitzeln = prickeln.

1865-ger Herbſchtſchpuck.

Hölleblitz, dô drin im Wald
 Danzet währle d'Böm um d'Wett,
Und der Mond kommt über d'Hald,
 Grad als ob er 's Glôis¹ net hätt. —

Ja, 's iſcht halt a Lumperei,
 Hôt der Durſcht mẽh' Kraft als d'Knie;
Komm drum ſelte=n au verbei,
 Wenn i 's Rühele's Wiſchpel² ſieh.

Aber heut iſcht Alles kromm,
 Durchenander, kreuz und quer,
Und mir wurd im Kopf ſo domm,
 Grad, wie wenn i Schtadtrôt wär. —

Hopſa, Vetter Eiſebeiß!
 Iſcht's a Gôiſcht der ebe ſchpuckt,
Oder blos der „Federweiß“,³
 Der ſo nôchem⁴ Grabe druckt? —

---

¹ Glôis = Geleiſe. ² Wiſchpel = Tannichtbüſchel,
das übliche Wirthſchaftsabzeichen einer periodiſchen Wein=
gärtnerſchenke. ³ Federweiß = gährender Weißwein.
⁴ Nôchem = nach dem.

Hm, komm et [1] recht braus was druckt,
   So kurjos, bald hott, bald hischt,
Doch isch gwis, daß's immer schpuckt,
   Wenn a Weinle süffig ischt.

[1] Et = nicht.

A Schtuegerter Schtadtzinkenischt.

I bi mei's Zôiches Zinkenischt,
　　Blôs', wenn i mueß, mei' Schtückle
Vom Kirchethurn uf Jud und Chrischt
　　Und trink dernôch mei' Schlückle.

Denn Durscht und Blôse-n ischt verwandt
　　Bei uns Art luscht'ge Finke,
Und 's hôt sein Trunk der Musikant
　　So nötig wie sei' Zinke.[1]

Flott bei der Hand zu 's Herrgotts Lob,
　　Gôht 's Glück au môl dernebe,
Blôs allweg i, bald sei', bald grob,
　　Mi kreuzvergnügt durch's Lebe.

Und melde-n oft au Sorge sich,
　　Derhoim und uf der Schtrôße,
Läßt 's Mundschtück doch mi net im Schtich,
　　Bei'm Trinke wie bei'm Blôse.

[1] Zinke (italienisch Cornetto) ein veraltetes Blas-
instrument von Holz mit Schalltrichter, das vermittelst
eines Trompetenmundstücks geblasen wird.

Und druckt 's ganz römisch Reich der Schuh,
　　Bringt mi nez aus mei'm Tröttle,
Denn i gang halt der Schtadtkirch zu
　　Und nôchderhand zum Schöttle. [1]

Dort ischt a Menschefreund derhoim,
　　Durschtgfällig ohne Klopfe,
Der's immer ehrlich moint mit oi'm
　　Bis uf de letschte Tropfe. —

So leb i, zwische Dur und Moll,
　　Frischgmuet von heut uf morge
Und laß, für des was komme soll,
　　De liebe Herrgott sorge.

[1] Eine alte, durch ihre trefflichen Kellerqualitäten
seit lange gefeierte Weinwirthschaft.

———

Herredienſcht.

Dô ſchickt mer mi ſchô' wieder
   Landei' von Hof und Gut,
Zur Zeit wo Hoch und Nieder
   Im Bett ſich güetlich thut.

Nex regt ſich uf de Filder,
   Kaum guckt a Schternle 'raus,
Und aber um ſo wilder
   Sieht's in mei'm Herze-n aus.

Soll zu 's Herr Grôſe Brueder
   Und jonſcht nô' wo verbei,
Gieng lieber hoïm zur Mueder
   Und meiner Annem'rei. [1]

Wöt's [2] net mêh' beſſer kriege,
   Blieb gern am Wieſeroi', [3]
Denn uf ſo glatte Schtiege
   Riskirt mer Hals und Boi'. [4]

[1] Annem'rei = Anna-Maria. [2] Wöt's = wollt's.
Wieſeroi' = Wieſenrain. [4] Boi' = Bein.

Grimminger, Mei' Derhoim.   13

D'Lieb ziegt¹ me nôch der Seite
Zum Thäle dief und schtill,
Doch i muß grabaus reite
Weil's juscht mei' Dienscht so will.

Bi' frei gwe wie-n a² Schwalbe
Und immer kreuzfidel,
Jetzt bi'-n i's nô nô'³ halbe
Und siech an Leib und Seel.

Jetzt dien i fremde Crille,
Han bloß mei' liebe Not,
Und wensch⁴ manchmôl im Schtille
Tô drinne mir de Dod.

Mei'm Rößle doch scheint Gscheidters
Durch 's munter Köpfle z'geh',
Denn des bleibt ohne Weiters
Vor jedem Wirthshaus schteh'.

¹ Ziegt = zieht. ² Wie-n a = wie eine. ³ Nô nô'
= nur noch. ⁴ Wensch = wünsche.

Därf gar net drä' denke.

Von loibvolle Schtunde
　Klopft 's Herz mir so hohl —
Hätt i di net gfunde,
　Schätz, wär's mer nö' wohl.

Höscht g'red't von Treuliebe
　Gar oft und gar viel,
Und doch mit mir triebe
　Nex weiter wie Gschpiel.

Därf gar net drä' denke,
　Sonscht werd i net gscheidt —
So bitter mi z'tränke
　Nöch glücklicher Zeit!

Seit d'Schwälble-n am Wandre
　Und 's Laub wieder gel, [1]
Bischt du mit'ra-n Andre [2]
　Oi' Herz und oi' Seel. —

[1] Gel = gelb. [2] Mit'ra-n Andre = mit einer Andern.

Ja dannene Scheiter
Die haltet koi' Glut,
Und leichtfertge Reiter
D'ſant nergets[1] lang gut. —

Biſcht oft bei mer gſeſſe
Dô hinte-n am Lueg,
Jetzt hôſcht me vergeſſe,
's iſcht lieberlich gnueg.

Mei' Glück iſcht verfahre[2]
Wie Blôſe-n im See,
Gott mög di bewahre
Vor ſo'nama[3] Weh.

[1] D'ſant nergets = thun nirgends. [2] Verfahre = entzwei gegangen. [3] So'nama = ſolch einem.

Tück und Glück.

Gottlob daß der Winter,
   So schlimm er sonscht ischt,
Möischt zudappt wia Blinder
   Und 's Bescht net verdwischt. [1]

Denn seit in de Wälder
   Koi' Blättle meh' schier,
Kommt z'weile [2] durch d'Felder
   Der Alt au zu mir.

Legt trutzig als Reise
   Mir bald sich uf's Dach,
Bald schtürmt er mit pfeife
   Mir unter mei' Sach.

Durchschtöbert jed Plätzle,
   Net selte-n au 's Bett,
Und aber mei' Schätzle
   Verdwischt er halt net.

[1] Verdwischt = erwischt.   [2] Z'weile = zuweilen.

Drum mitte-n im Trübſchte
Dank oft i mei'm Glück,
Daß e r bei'm Herzliebſchte
Der Gſoppt' iſcht mit Tück.

———

Herzlôid.

Was au Lôid's a Herz mag presse,
  's trüg manchmôl net halb so schwer,
Wenn Verliere=n und Vergesse
  Net so weit von'nander wär.

Glücklich, wer in schwere Schtunde
  Net allo' schtôht und verwôist,[1]
Glücklicher, wer's nie empfunde,
  Was dô drin Verliere hôist!

Guck, denn Tarbe=n und Entbehre
  Macht oft 's Lebe wieder wett,[2]
Toch a Herzlôid lä' zwôr jähre,
  Aber ach, 's vergißt sich net.

---

[1] Verwôist = verwaist. [2] Wettmachen = ausgleichen.

Nacht und Dag.

„I sitz in mei'm Schtüble
   Verlasse-n und arm,
Und han a klei's Büble,
   Daß Gott sich erbarm!

Lieb Vatter und Mueder
   Will nex meh' von mir,
Und selber der Brueder
   Verachtet mi schier.

Und weit ischt mei Frieder
   Von Acker und Tenn — [1]
Hôt gsagt er komm wieder,
   Ach, aber net wenn!

A môl hôt er gschriebe
   Gar lieb mir, von weit,
Dôbei doch ischt's bliebe
   Seit selbiger Zeit.

[1] Tenn = Tenne, Dreschboden.

Wôiß drum oft vor Zage
  Mir Troscht net und Rôt,[1]
Und därf doch Koim sage
  Wie traurig mir's gôht.

Schtand manchmôl dô drobe
  Bei'm Kreuz an der Lind
Und guck mi von obe
  In d'Ferne fascht blind. —

Koi' Schternle will scheine —
  Truss' wirbelt der Schnee —
Und über mei'm Kleine
  Thut 's Herz mir so weh.

Und doch schätz i wieder,
  Trotz Nöte, mi reich:
Er ischt jô vom Frieder
  Und siehtem[2] so gleich." —

Tô pockelt's[3] an 's Lädle,
  Schallt luschtiger Ruf:
„Herzbausig lieb's Mädle,
  Komm, 's schneit so, mach uf!" —

---

[1] Rôt = Rat. [2] Siehtem = sieht ihm. [3] Pockelt's
= pocht's.

Sie jauchzt über 's Wiegle:
„Dei' Vatterle, Kind!"
Und schpringt nôchem [1] Schtiegle, [2]
. Als trüg se der Wind.

„Ach endlich wurd's wieder
Bei mir au môl Dag —
Um Alles, mei' Frieder:
Bischt's wirklich denn, sag?"

„„Bi's freile, lieb's Schätzle,
Bring Glück dir und Ruh,
Drum gib mer a Schmätzle [3]
Und zeig mer de Bu.""

[1] Nôchem = nach dem.   [2] Schtiegle = kleine Treppe.
[3] A Schmätzle = ein Küßchen.

Freud nôch Lôid.

Guck Weib, dô wo, dicht beihande,
  Ueber 's Gfäll der Wildbach setzt,
Sind mer môl vor Jôhre gschtande,
  Aber net so froh wie jetzt.

Denkt's d'r nô' wie schaurig b'Mühle
  Dômôls hinter uns hôt grauscht,
Als in trüber Morgekühle
  Mir[1] hänt 's letscht lieb Wörtle dauscht?

Nie vergeß i des Verdrüesse,
  Nie den Augeblick so bang,
Wo-n i di han lasse müesse,
  Lasse für, Gott wôiß, wie lang.

Und nô' denke mir die Woche,
  Grad als wär's von gerscht[2] uf heut,
Wo mir oft ischt 's Herz schier broche
  Drusse-n unter fremde Leut.

[1] Mir = wir. [2] Gerscht = gestern.

Aber druf[1] des Wiederfinde,
 Schatz, voll Glück und Sonneschei,
Drobe bei der gweihte Linde,
 Nôch dem lange Gschiedesei!

Wo koi Loib meh' d'Lieb verblüschtert,
 Ach und du, nô' halbe krank,
Unter Freudegschluchz hôscht gflüschtert:
 „Dô bischt wieder, Gott sei Dank! —"

's lebt und webt a heil'ger Wille,
 Drâ'[2] koi' Menschedenke rührt,
Dem sei Preis und Dank im Schtille,
 Daß er uns hôt z'same gführt.

Guck, denn hör i 's Mühlrad rausche,
 Jetzt, früh morgens oder schpât,
Möcht i mit koi'm König dausche,
 Seit's um unser Glück sich dreht.

1 Druf = darauf, darnach. 2 Drâ' = dran.

Nôch Verdienscht.

Ob's Manche-n au verdrüeße mag,
Bî-n i halt doch so frei, und sag:

Wer Mueberlieb mit Ondank lohnt,
Verdient, daß er beim Enkel frohnt.

Wer d'Freund verläßt in schwerer Zeit,
Verdient, daß ihn der Teufel reit't.

Wer Gwisse-riß ¹ mit Lüge flickt,
Verdient, daß er im Trug verschtickt. ²

Wer wohl sich fühlt bei Heuchlergschmöiß,
Verdient's, daß er neg Beffers wöiß.

Wer Älles glaubt von obe 'ra, ³
Verdient's, daß er mit Blindheit gschla. ⁴

Wer als Lakai sich duckt und schmiegt,
Verdient, daß er en Buckel ⁵ kriegt.

---

¹ Gwisse-riß = Gewissensriffe. ² Verschtickt = er-
stickt. ³ 'Ra = herab. ⁴ Gschla = geschlagen. ⁵ Buckel
= Höcker.

Wer um Kalfaterlöhning wirbt,
Verdient, daß er in Schand verdirbt.

Wer augedient und schpionirt,
Verdient, daß er de Galge ziert.

———

Was noth thut.

Bleib mir vom Leib mit deiner Gnad,
  Von Heuchler überzuckert;
Gottgfällig ischt, was fadegrad,
  Net was krummmault und muckert.

Blos Zwittervolk, des innerlich
  Mit Trug sich mag verbaschtre, [1]
Glaubt, 's laß mit Betgeplapper sich
  Der Weg zum Himmel pflaschtre.

.

Wer 's Guete liebt, der schwätzt net viel,
  Der schtrebt, sich's zu verdiene,
Und sucht au net der Gnade Ziel
  In eitle Frömmlermiene.

Gnad ischt der Faulheit Lotterbett,
  Dui andre läßt erwerbe
Und doch gern ebbes [2] Bsonders hätt
  Im Lebe-n und im Schterbe.

[1] Verbaschtre = verbastarten. [2] Ebbes = etwas.

Doch Gott, deß Allmacht sichtber ischt,
  In Allem was er gschaffe,
Ischt Gott für All', Heid, Jud und Chrischt
  Und net apart für — Affe.

Der Freiheit Evangelium
  Thut not uns Menschekinder,
Denn des, net mißbraucht Gnadetum,
  Weckt Kette-n-überwinder.

Drum sag i dir, Mut, Kraft und Schwung
  Zum Denke-n und Vollbringe,
Des ischt a Gnad, drum Alt und Jung
  Sei'm Schöpfer mag lobsinge.

———

An a jung Blut.

Schau, blos a Tropf
   Lebt blind in'n Wind,
Wo Herz und Kopf
   De Katze sind. [1]

Drum wähl bei Zeit
   A-n ehrlich Fach,
Drin Düchtigkeit
   Net Nebesach.

Doch treib was d' treibscht
   Mit Leib und Seel,
Und sieh wo d' bleibscht,
   Nô [2] dappscht net fehl.

Denn jedefalls
   Ischt sicher Brod
Weit besser, als
   A Glück zur Not.

---

[1] Will sagen: zu Grunde gehen. Man sagt wol auch, wenn Einer sich in große Gefahr begibt, „der ischt de Katze", d. h. verloren. [2] Nô = dann.

Am Bobſerbrünnele.

J'Schtuegert fehlt's für burſchtge Rinnele
Währle net an friſche Brünnele,
  Und trotz allbem, meiner Treu,
  Wankt und weicht net d'Waſſerſcheu.

's iſcht a litzlichs Ding um 's Dürſchte,
Koiner mag's mit Waſſer bürſchte,
  Der môl recht be Wei' verſchmeckt
  Und — ſei' Nâſ' in Brand hôt gſchteckt.

Hör am Bobſerbrünnele brobe
Manche Durſchtmann 's Waſſer lobe,
  Manche ſa,[1] 's wär 's Gſündſcht für oin,
  Aber trinke ſieh-n-i[2] koin.

---

[1] Sa = ſagen.　[2] Sieh=n=i = ſehe ich.

Der Gôischt in der Schtäffelesfurch. [1]

Gang mer net in d'Schtäffelesfurch,
  Denn uf Mädle juscht so nett,
Paßt um d'Nacht, wenn's Neune durch,
  Als a Gôischt mit Ebolett. [2]

Treibt sich 'rum in zwôierlôi Duch,
  Macht „Bst! Bst!“ Voll Uebermuets —
Und du frôgscht nô' was er such?
  Älles, glaub mir, nô neꝫ Guets.

's Mädele von Feuerbach
  Hôt'n gsêh' môl, bei der Hütt,
Und hätt schier, vor Schrecke schwach,
  D'Milch, mit samt der Ehr, verschüttt't.

[1] Staffelweg, der von Stuttgart nach dem Dorfe Feuerbach führt. [2] Ebolett = Epauletten.

Verscherzt.

Schatzelind hör uf mit Klage,
Als hätt d'Welt dir 's Glück vertrage;
  Denn was dir abhande komme
  Ischt wol 's Bächle 'nunter gschwomme.

Schpringem nôch,[1] bischt jô di Gschwindescht,
Such, und wenn b's je wiederfindescht,
  Muscht's mit bôide Händle fasse,
  Und jô nemme falle lasse.

[1] Schpringem nôch = spring ihm nach.

Offe gschtande.

I reiß mi net um Narregunscht,
  Kau gern der Armuet Rinde,
So lang sich in Natur und Kunscht
  Verwandte Herze finde.

Und wenn a-n Esel 's Schöne kränkt,
  Kä'-n i mi net erbose,
Denn wer halt bloß an Dischtle[1] denkt,
  Der hôt koi'n Sinn für Rose.

[1] Dischtle = Disteln.

Gang mitteburch.

O Menschekind was plôgscht be¹ so
Mit Wenn und Aber, Was und Wo?
  Guck doch in's Lebe net so bang,
  Gang mitteburch und frôg net lang.

Glaub, in der Welt, trotz Hetz und Hatz,
Hôt Alles doch sein gweiste² Platz,
  Und wie's au manchmôl schtürmt und treibt,
  's ischt gsorgt daß d'Kirch im Dörfle bleibt.

¹ Plôgscht be = plagst dich. ² Gweist = bestimmt.

————

Im Glück.

Wandelt dir a Glück durch 's Gmüt,
　Sei net blöd, erquick di drä',
Doch betracht's wia Maieblüt,
　Dui[1] 's nächscht Windle knicke kä'.

Macht a Holdschaft[2] 's Herz dir froh,
　Halt's in Ehre, Dag und Nacht,
Denn 's bleibt au net immer so,
　Und a Lôid kommt, eh mer's dacht.

[1] Dui = die. [2] Holdschaft, altschwäbisch für Lieb-
schaft.

An a traurig Kind.

Sei guetes Muets,
  Trotz Not und Harm;
Gôht's schlecht, was thuet's?
  Bischt doch net arm.

Denn was au trüb
  Durch 's Herz dir ruf:
Der Mueder Lieb
  Wiegt Alles uf.

———

Merk d'r's.

Wenn Herz und Ohr
   Mit Wöhret haust,
Des ischt wovor
   Em[1] Deufel graust.

Weil d'Lug zum G'web
   Koin Schpinnplatz find't,
Wo die Drei b'häb[2]
   Bei'nander sind.

[1] Em = dem.   [2] B'häb = dicht.

———

An Oin für Viele.

Redsch't immer glei
Von „frei" und „groß",
Und legscht debei
Doch d'Händ in'n Schooß.

Gib acht, 's gôht letz![1]
Denn Handle blos,
Net Wirthshausgschwätz
Macht frei und groß.

[1] Letz s. v. w. schief, schlimm.

Schlechtweg.

A graber Sinn,
  Net z'eng, net z'weit,
Sucht Glück und Gwinn
  In sich bei Zeit.

Braucht was er wôiß
  Am rechte Fleck,
Und frôgt nôch Gschmôiß, [1]
  Wenn's gilt, en Dr....

[1] Gschmôiß = Gesindel.

Möischter und Lehrling.

Misch de net in Sache, Bu,
Wo d' nö' z'jong und z'domm derzu,
Reb'scht vom Schtiefel, gilt's de Löischt — [1]
Wart und schweig bis b' 's besser wölscht.

———

Wer d'Zeit verthut.

Wer 's Dagwerk sucht in Müessiggang,
Sei Zeit verthuet mit Lungre,
Der such sei Brod im Kugelfang
Und mag debei verhungre.

[1] Löischt = Laisten.

Übernimm de net.

Glücksguet, über Nacht erworbe,
Hôt schô' Manchem 's Herz verdorbe,
Hüet di drum in guete Zeite,
Glei de Gaul in d'Wette[1] z'reite.

———

Besser ischt's —

Besser ischt's, in Sackzwilch schtecke,
Als in Sammt und Seid' voll Flecke,
Besser z'friede sei' uf Schtroh,
Als in Glanz mit Ach und O.

———

[1] Wette = Schwemme. S. v. w. laß dir's nicht zu wohl sein.

———

Bleib wer d'bischt.

Bleib wer d'bischt, in Ernscht und Scherz,
B'hüet vor Winkelzüg dei' Herz;
    Nimm, wo 's gilt, koi' Blatt vor 's Maul —
Überklug macht Gwisse-faul. [1]

Z'friede.

Der alloi' lebt wahrhaft z'friede,
    Der nie z'viel vom Glück verlangt,
Und net, wenn's'em [2] Gut's hät b'schiede,
    Nebeher nö' [3] Grille fangt.

[1] Gwissefaul = Gewissensträg. [2] Wenn's'em =
wenn's ihm. [3] Nö' = noch.

Koi' Schöidmünz.

Wär d'Wôhret[1] Gelb
 Bei Groß und Klei',
Würd, währle, d'Welt
 Bald einig sei'.

Denn immerzu
 Gieng's ehrlich her,
Und b'Welt hätt Ruh
 Vor Millionär.

---

[1] Wôhret = Wahrheit.

Lieber g'ring aber brav.

Lieber arm durch 's Lebe laufe
Und sei' Brod mit Thräne daufe,
Lieber g'ring, jôhraus jôhrei',
Aber brav, im Karre schnaufe,
Als em [1] Deufel sich verlaufe
Und a Tropf in Ehre [2] sei'.

[1] Em = dem. [2] In Ehre, hier s. v. w. in Ansehn.